长颈龙的完美一天

[日] 乾绿郎 著

季玄 译

人民文学出版社

1

过去，岛民们用的是一种名叫姬椿的树，他们把树皮刮下、捣碎，取它的汁液做鱼毒。

如今，取而代之的是氰化钾。

用晴彦叔叔的话说，用氰化钾比较省事。

我口中的晴彦叔叔，其实是我外婆的哥哥。按理说，我应该叫他大舅公，但我一直都这么称呼他。

模糊的记忆中，我只去过那个"岛"两次，一次是四五岁的时候，一次是小学二三年级的时候。第一次坐的是渡轮。那时候，岛上还没有机场；第二次去的时候，从鹿儿岛机场出发，乘坐仅能搭载百人的螺旋桨飞机登陆到了岛上。

岛上的机场，除了仅有的一条飞机跑道以外，只有一间办公兼候机用的简易小屋孤零零地坐落在那里。父母领取行李，办理各种手续的时候，我和弟弟两人就痴痴地望着天花板，看着上面的大电扇一圈圈地不停旋转。

岛上仅有两辆出租车。在机场，我们叫来其中的一辆，约莫十分钟的车程后，我们便来到了"猫家"。

岛民们习惯把"猫家"读作"喵家"。

因为岛上同姓的人很多，为了方便区别是谁家的房子，大家就给每间屋子起了爱称。

家里亲戚和岛上的人们都不叫晴彦叔叔的本名"和晴彦"，而是叫他"猫家的晴彦"。按照这个逻辑，他们大概会叫我"猫家的淳美"而不是"和淳美"，弟弟就会是"猫家的浩市"了吧。

猫家这个屋名的由来，既不是因为我们的族人长得像猫，也不是因为家里养了几十只猫咪。据说是因为族人住的房子很小，就跟猫住的小屋似的，所以才叫猫家。好像我们家族，即便是在这小岛上也是出了名的穷苦农耕人家。

不过话说回来，那是很久很久以前的事了。我去猫家的时候，古旧木质主屋边上已经新建了一排新型的平房，整个院落已经颇具规模了。

为了抵御台风，族人在猫家周围沿着道路，堆起了成人身高一般的厚石墙，绵延数十米。

湿漉漉的青苔爬满石墙，羊齿的叶子从石块间隙中探出脑袋。清晨或是傍晚路过石墙边时，还能见着四处流窜的壁虎。

石墙窄小缺口引出一条通往猫家的小路。平缓向下延伸的石子路，连接着猫家的屋子与庭院。

昏暗的小路两边长着苏铁、阿檀和羊齿等热带植物，好几只黄黑条纹的大女郎蜘蛛在那儿安营扎寨。

妈妈起初看到它们就恶心，每次要走那石子路时，总要有人走在她前面。

起初刚见到这些在东京不曾见过的大蜘蛛时，我也是胆战心惊。不过后来看得多了，发现它们虽然看起来很毒，其实本性很老实，实际也不会造成什么伤害，就慢慢习惯了它们的存在。

下了石阶是宽广的庭院，院子里散养着山羊和鸡。

红砖修葺的古旧木质主屋居中，右侧是新建的平房，左侧是铁皮屋顶的仓库，主要用来收纳晴彦叔叔劳作用的农具和夜钓爱好用的渔具。仓库边上长着一棵枝繁叶茂的榕树。院落的后面就是一排防风林了。

这个岛上，没有沙滩。

岛上临海的地方几乎都是悬崖峭壁，能直接下到海边的，全是被岩石包围的珊瑚礁岩滩。小岛之所以没有像冲绳、奄美群岛那样成为观光地的最大理由便是：岛上"尽享热带蔚蓝的海洋风光，却无游泳之地"这样一个令人哭笑不得的环境了。据说竹下内阁那会儿，拨款一亿日元重振家乡，不知是从鹿儿岛还是别的什么地方运来大量的沙子，规划建造人工沙滩。但天违人愿，仅仅两次的台风来袭，就将那些沙子与好不容易申请来的资金都付之"流水"了。

我们一家来岛上探亲的时候，晴彦叔叔怕我们无聊，就带我们去钓鱼。因为岛上没有能让孩子们安全游泳的地方，要说娱乐的话，就只剩下钓鱼了。

晴彦叔叔称得上是一个钓鱼好手。他特别喜欢夜钓，几十年如一日，每天都在同一个岩滩的同一块岩石上垂钓，日子久了，大家就把那块岩石命名为"晴彦岩"。晴彦叔叔想教我和弟弟钓鱼，但我是女孩子，弟弟浩市又只有四五岁，都没办法上岩石钓鱼，结果我们只能在退潮时岩石间形成小池塘里玩捕鱼。

那时候，岛民们使用高倍稀释过的氰化钾来做鱼毒。

宽阔的浅滩退潮时，珊瑚礁露出水面，形成了不少大大小小的池塘，小的和家中浴缸一般大，大的则像个游泳池。远远望去，池塘的水面不知何故显出一片青苔绿色，在太阳的照射下泛出粼粼波光。

往池塘里倒入晕鱼药，稍待五分钟左右，水面就会喧腾起来，小鱼们一一翻腾跃起。再过一会儿，大鱼也会从岩石间冒出来，最终鱼儿们都会虚弱地浮上水面。

这时，孩子们就会用渔网捞鱼，用鱼叉戳鱼玩儿。

我和弟弟也乐此不疲地迷上了抓鱼。

银白色的雀鲷、红绿亮色条纹的隆头鱼、赤红的石斑鱼……除此之外，还有那些我们叫不出名字来的色彩缤纷的热带鱼。

岛上规定要在倒入过晕鱼药的池塘里，竖起绑上红布的竹竿作为记号。据说那是因为用作晕鱼药倒进池塘的氰化钾，虽然用量极小，但毕竟是剧毒，所以必须习惯性地插上红旗标识出危险区域，以示警戒。

涨潮时的岩滩海水满溢，竹竿也会自然倒下，随波而去。

我想，我弟弟……浩市他，他是想要那根系着红布的竹竿，所以才会把手伸出去的。

他追逐随波倒下的竹竿，向岩滩远处跑去，掉入了海中。原生态的岩滩尽头，常有意想不到的深渊。

浩市坠入岩缝之间，澎湃的海涛翻滚着白色泡沫向他直扑而去。

年幼的浩市在波浪翻涌中，身体载浮载沉，眼看就要被汹涌的激流挟带而去。

近在咫尺的我，马上伸出手，抓住了弟弟浩市的小手。

然而，海浪的力量巨大无比，我也几乎要被一起卷走。

我和弟弟在潮水的冲击下，紧紧握住彼此的手，大声哭喊。

最早发现突发状况，赶来救我的人是我的母亲。

父亲为了救弟弟跳入海中，他视若珍宝的黑框眼镜也落入海中，不知所踪。

被大人们救上来后，我望了一眼远处的大海，只见那红色布巾随着海潮渐行渐远。

蔚蓝的大海，无暇而又纯粹，映衬着一抹幽红，浮浮沉沉，简直就是我梦中的风景。

我大口吐出呛到的海水，昏昏沉沉中，听到大人们的大喊大叫相互斥责。

那是我对于这个小岛记忆的一部分。

回到东京不久，父母就离婚了，从此我和妈妈相依为命。

自那以后，母亲对小岛始终讳莫如深。我二十四岁那年，她撒手人寰，临终前一次都没有回过小岛。

当然，晴彦叔叔后来的情况，我也不得而知了。

只有当时紧握在手心里弟弟小手的触感，永远地留在了我的手中。

卧室里的电话分机铃声把我从浅睡中唤醒。

睁开蒙眬的睡眼，望了一眼挂在墙上的电子钟。

已是中午时分了。

从床上坐起身来，我伸手拿起挂壁式电话的话筒。

"老师，原稿后期的润色已经完成了。"

电话里传来真希小姐的声音。

"我马上就下来，稍等我一下。"

"还有，泽野先生已经来了。"

"啊，是吗？好的，我知道了。"

我把话筒重新挂回墙上。

不知为何感觉好累，还有点精神不济。

我静静地坐在床边待上十分钟，耐心地等待大脑苏醒过来。

耀眼的阳光从卧室遮光窗帘的缝隙间倾泻下来。外面好像也是风和日丽的好天气。

胡乱地抓了抓乱糟糟的头发，我伸手拿起床边桌上的卡斯特烟盒。

抽出一支叼在嘴上，用廉价的打火机点上。深吸了一口，让烟气游走过肺部，从鼻子缓缓吐出。晨起的第一支烟竟让人有点头晕目眩。

只抽了三口，就把它按进烟灰缸里揉熄了。我站起身来，走出卧室。

在盥洗室洗了把脸，换好衣服下楼去工作室。工作室里有四张助手台，而泽野正坐在其中一张前翻阅着报纸。

我是一名漫画家。

工作室就在家里的一楼，那里是半地下的结构，一半在路面上，一半在地下。

房间正对通风区域的那面墙是由透明的玻璃砖砌成的。

由于玻璃砖带有淡淡的蓝色，正午炫目的阳光透过玻璃照进室内时，总有一种置身水底的错觉。

工作室角落的意式浓缩咖啡机滋滋作响，喷出蒸腾的水蒸气。

穿着工作围裙，带着手套的真希站在咖啡机边。

"啊呀，老师。早上好！"

一发现我的到来，她赶忙招呼道。

我走向屋子角落自己的工作台。覆有厚玻璃板的弧形转角桌子上，一丝不苟地叠放着已经完成后期作业的整齐的原稿。

坐下身来，我开始检查起原稿。

真希的工作还是一如既往地无可挑剔，不仅干净利落，而且从不迟延。

她贴的网点纸，只能说是"绝了"。老实说，我自己都贴到不了这个程度吧。自从有了她这个专职助手，我的稿子很明显地上了一个档次。

真希把做好的意式浓缩咖啡倒进小杯里，给泽野先生端去一杯，自己桌上放下一杯，最后再给我送来一杯。

像她这样不但会画画，还这么心思细腻的孩子，现在可真不多见。

"泽野君。"

我一边检查着原稿，一边招呼道。

"是！"

泽野刚叠好报纸，正拿着意式浓缩的杯子朝里面呼气。

"你什么时候来的？"

"嗯……来了有一个小时了吧。"

"你是有事顺便过来的吧？"

"不是哦。"

我朝着泽野的方向看去。已经过了而立之年的他长着一张娃娃脸，光泽而弹性的肌肤看着就跟个大学生似的。二十出头的真希倒是看起来比他成熟稳重些。

"那么，你是专程来拿稿子的？"

"是啊，不行吗？"

"现在的编辑才不会这么做呢。"

二十年前，我出道以前那阵子怎么样我不清楚，现在的漫画杂志编辑周末都能正常休息，也不会无谓地加班和通宵等稿。

如今会亲自来取原稿的编辑，尤其是对于那种距离截稿期还有富余时间的稿件，实在是凤毛麟角。一般来说，他们都会让编辑部的小时工代劳，要不就叫快递。新人作家更是要亲自把稿子送到出版社。

"老师，您不是昨天自己在电话里说，今天下午就能完成的啊。"

泽野一口口抿着意式浓缩咖啡,慢条斯理地说道。

"我要是说谎骗你的,那你怎么办哦?岂不是白跑一趟?"

"您是不是在骗我,我听声音就能明白。"

"你还真敢说。"

我苦笑道。

"再说,反正这也是最后一次了呢。"

"这倒也是。"

我把检查完毕的一叠原稿放进信封,交给泽野。

"好了,让你久等了!"

"啊,您辛苦了。"

泽野手忙脚乱地从椅子上站起身来,伸手收下原稿。

"喝完咖啡再走吧。"

"嗯——怎么说呢?"

"你想说什么?"

"您都不会有什么特别的感慨吗?"

泽野颇有些不满地抱怨道。

"一般不都是这样的吗?"

"这可是连载超过十五年的作品的大结局啊。"

"但这不是因为大家不喜欢了才结束的吗?"

"怎么能这么说呢?老师的作品在人气投票里从来没落到下游去。单行本的销量也很稳定。"

我明白泽野这是在绞尽心思安慰我呢。

"这绝对是我们主编太急于求成了。他一下子想要开好几个新人的连载……"

"这样不是很好吗?"

对我而言,这些都无所谓了。

"才不好呢,牺牲好端端地正在连载的作品,这样的做法实在是太乱来了。"

"要是杉山先生是主编的话,他会怎么做呢?"

"诶?"

"这个连载,当初就是和他一起撑起来的呢。我们俩总是开会到深夜,坚持不懈地制作分镜稿,一次又一次地拿到选稿会议去……"

这部漫画便是日后的《乐蜀》。

故事的女主人公是名叫"岬",是个开朗活泼的中学生。她不断地转世历经轮回,却始终爱上同一个男人。那是一部连我自己都说不清格局是大还是小的作品。

"乐蜀"古称底比斯,曾是古埃及的首都。图坦卡蒙陵墓等颇负盛名的"帝王谷"就在落日的尼罗河西岸。[①]

女中学生为了深爱的男子不断转世重生的故事——这个模糊的概念最初是我提出来的,但赋予这个作品名字的却是杉山先生。他一定是从"死亡与重生"这个主题联想出来的吧。

刚开始连载的时候,我并不怎么喜欢这个不是自己取的名

[①] 整个城市以尼罗河为界,分为东、西两岸。在古埃及神话中,西岸的日落代表往生之旅,因此象征着尼罗河西岸埋葬的亡灵。而东岸则象征着"生",所以城市多位于尼罗河的东岸。

字，但时至今日，我却对它产生了感情，觉得不会再有其他的名字更能诠释这部作品了。

话说回来，主人公"岬"这个名字也是杉山先生想到的。我记得很清楚，当时杉山先生家有个男孩，他说要是有女儿的话，一定叫她"岬"。

好多年都没有想起这些陈年往事了。

那时我才十多岁，正是心中满怀少女漫画家梦想的年纪。第一次鼓起勇气去漫画社投稿时，就遇见了杉山先生。他那天刚巧在编辑部，耐心地审阅了我的稿件。

我一直觉得，当初自己实在是太幸运了。

然而那时，杉山先生一点都没有嘉奖赞许我的手稿。

他有条不紊地指出了我手稿的缺点和不足之处。我默默地听着他的指点，心中满腹委屈，甚至还流下了眼泪。

不过，杉山先生最后把他的名片递给了我，并嘱咐我说以后再来投稿的话，他都会亲自过目，所以直接打电话到编辑部找他就行。

"听说杉山先生调去文库本部了，还是别的什么部门？"

"副主编调离了杂志编辑部，去做漫画文库本的企划和编辑了……"

"他不再是副主编了吧？"

听了我的话，泽野默不作声地点了点头。

昔日风光无限的漫画杂志如今日薄西山，近来所有出版社的销量都一落千丈。

尤其是少女漫画杂志更是兵败如山倒，近年来不少当年百万销量的老牌少女杂志都被迫休刊，甚至停刊。

我出道之后，连续十五年刊登连载作品的《别册三色堇》也在劫难逃，现在的销量连全盛时期的一半都不到。

一直在少女漫画这个领域耕耘的杉山先生，做杂志的副主编也有一些年头了，半年前突如其来的一纸调令把他调去了文库本部。

午夜时分，烂醉如泥的泽野打来电话，倾诉了这一切。

我总以为下一任主编一定会是杉山先生，所以这个消息对我而言简直就是晴天霹雳。

《别册三色堇》的新任主编是从少年漫画周刊编辑部调来的，该部门创造了全公司三分之一的利润。新主编雷厉风行，为了改变杂志销量惨淡的现状，一开始就采取了相当强势的态度，他大刀阔斧地改革了杂志的内容。

决定要结束我连载十五年的漫画，其实就是他改革计划的冰山一角。

"对了，老师，答谢会打算怎么办呢？"

泽野突然冒出了这么一句。

"你说什么答谢会？"

"哎呀，就是庆祝连载结束的答谢会啊。要召集历任的责编、工作人员，还有和老师关系亲近的作家老师们……"

"那个就不要办了吧。听着就很麻烦。明明就是被迫叫停的。"

"不要这样说嘛。我先叫上杉山先生吧。"

"他不是换了新的部门，应该很忙吧。"

"没有哦,他说现在都不怎么加班,反而更轻松了呢。"

"这样呀。"

虽然我并不是那么有兴致,不过就这么刊载出漫画的最终回,让连载漫画悄无声息地退下舞台,说来确实有那么一点凄凉。

况且,我还是很想见杉山先生一面的。

已经好久都没有机会和他好好聊上一回了。这几年只有在出版社年会这样众人聚会的场合,才能和他每年碰个一两次面,但在这种场合只能顾着招呼问候,也聊不上几句。

杉山先生现在还调到了别的部门,如果不趁这个机会好好见上一面,总感觉以后就会渐行渐远、形同陌路了。

"老师,您说下个星期怎么样?您有什么安排吗?"

"你说什么安排?"

"哎呀,我这不是在请教您,您下周休息有什么特别的计划吗?"

"没有啊。"

"您不和男朋友一起去旅行吗?"

"你找死呢!"

说完我狠狠地瞪了他一眼,泽野哈哈大笑。

我完全没想过要去旅行。仔细想来,已经好多年都没去旅行了。

"您出门活动活动,松松筋骨也好嘛。男朋友嘛,到了当地现找一个不也可以的吗?"

"你再这么说,我可真要生气咯!"

"去南方小岛度假不错哦。"

"去南方小岛啊……"

"比如说大溪地、斐济什么的。"

"要去南方小岛么……"

浮现在我脑海中的既不是大溪地也不是斐济,而是儿时家庭旅行去的那个小岛。

这时,办公桌上的无线电话分机突然响了起来。

"真希,麻烦你了。"

我把分机电话递给她。

有真希在的时候,我一般就不接电话。

不知道他们都怎么找上门来的,偶尔有时候,会有自称是我粉丝的人突然打电话进来。这些人通常口气不善,毫无礼貌,应对稍有疏忽就会麻烦不断。

"请问,啊,您好。您这是要找漫画家和淳美,对吗?请问怎么称呼您呢?"

为了让我能听得清楚,真希故意大声地与电话那头的人交谈。

"嗯……仲野……仲野小姐是吗?你的名字叫仲野泰子对吧。"

真希问出对方的名字,假装确认似的反复说着她的名字,看我的反应。不愧是我的全能助理。

我对仲野泰子这个名字完全没有印象。

看到我用手指画出交叉否定的符号,真希点了点头。

"啊,您好。我想您大概是打错电话了。嗯嗯。没关系没关系，嗯……"

真希挂断了电话，把分机递还给我。

"还真是各种辛苦啊。"

泽野感叹道。真希接电话的时候，他老老实实地不吭一声，也是因为看清了情势吧。虽然他爱开玩笑，但关键时刻还是会察言观色的，这也是他的优点所在。

"话说回来，真希小姐，你下个月打算怎么安排呢？"

泽野问回到自己工作台的真希。

"嗯……我还没想过呢。"

真希笑着回答。

"我这里还有不少事需要她帮忙呢。单行本的封面要上色，原稿要修改，大结局也还没画完呢。"

由于连载在杂志上草草收尾，所以我打算在漫画单行本的最终卷上，加入刚刚画好的大结局内容。内容方面已经和泽野讨论过，也知会过了单行本的责任编辑。

"啊，这倒也是。这还不算是最后的结束呢。"

"就是说嘛。所以，今年我还不打算把真希放手呢。"

事实上，我私人聘用的助理，就只有这个名叫府川真希的女孩。

以前通常会雇两三个助理，自从真希来我的工作室之后，就只需要在截稿日期前几天临时叫几个人来帮忙就行了。大部分的绘画助理工作都交给了她。

截止至年，我除了《别册三色堇》上的连载以外，还有两部在其他月刊杂志上的连载，忙得昏天暗地的。不过由于杂志的休刊和改版，那两本的连载也无疾而终了。

正想安慰自己大势不好也是无可奈何，准备卯足精力在最重要的《别册三色堇》的连载上时，没想到泽野却带来了连载终结的消息。还真是，屋漏偏逢连夜雨。

"如果你不介意做临时工的话，我这随时都可以给你介绍的哦。真希小姐不管去哪儿，都会很受大家欢迎的！"

泽野的语气里不见平日里的戏谑，看来他真的替她担心呢。这家伙的本性还是不错的。

"你给和老师这种画技这么糟糕的漫画家做助手，实在是大材小用了呢！"

前面那句当我没说。

"不是这样的……"

真希喃喃道，她飞快地瞄了我一眼，接着说，"等老师这里的工作结束了，我想花点时间创作自己的作品。"

"这想法不错。很多人做助手的时间长了以后，就彻底变成了职业画家的助手了呢。"

听到泽野的鼓励，真希耸了耸肩以示回应。

"嗯——老师……我已经画了一些分镜稿，下次您能帮我看一下吗？"

"好啊。当然没问题。反正我马上就会闲着没事做了嘛。"

所谓分镜稿，就是在白纸上先画上格子，然后只在格子里简单地画上人物速写，或者填上台词的东西，也可以说是原稿之前的草稿。

一般情况下，作家和编辑就是用分镜稿开会的，分镜稿通过以后，才会开始绘制原稿。

"这就对了。分镜稿可是漫画的命根子啊。分镜稿胜人一筹的话，就算画得再烂，还是能成为畅销漫画家的。"

"你这话是在暗指我么？"

"怎么可能？我只是说说一般的情况而已。"

说完泽野笑了。哎，他还真不是个省油的灯啊。

我好歹也算是个小有名气的少女漫画家，除了杉山先生，也就只有泽野这家伙敢肆无忌惮地说我画得烂了。奇怪的是，这话从他口里说出来和杉山先生一样都不会让我生气。

我把盛有意式浓缩咖啡的杯子递到嘴边，啜了一口，放松身体靠坐在办公用的沙发上。不经意地瞥了墙壁上的时钟一眼，快要下午一点了。

"对了。等会儿我们三个人一起去吃个饭吧？"

知道确切的时间后，我突然觉得腹中饥肠辘辘。

"我去不了，还得把原稿带回去呢。"

"我也正好有点事……"

"真是啊。大家一点都不配合嘛。"

泽野和真希的一一回绝，让我很是失望。

"早知道就不邀请你们了。"

看到真希脱下工作围裙，开始回家的准备，我把一旁的资料柜拉到身边，从抽屉里取出一个纸盒来。

"真希，你能过来一下吗？"

"嗯，好的。您有什么要吩咐的吗？"

真希正仔细叠着围裙，听到我的招呼，抬头向我回应道。

"这个送给你。"

我真不知道在这种情况下该露出什么样的表情,只好傻愣愣地伸出双手把纸盒塞到她面前。

"您这是——"

真希一脸茫然地回道。

"愣着干什么?快收下呀。"

"为什么?"

"这个怎么说呢,唉呀,我这里的工作不是告一段落了嘛,这个算是我送给你的谢礼。我凭着自己的喜好选的,也不知道合不合你心意……"

搞不清自己为什么这么焦虑,嘴里的话连珠炮似的蹦了出来。我果然最怕说这些场面话了。

纸盒里是一条名牌丝巾,是我狠下心来买来的礼物。

"我就没有吗?"

看着我局促不安的样子,泽野忍住笑意,调侃道。

"没,没你的份。"

"老师。"

真希收下我递给她的礼物,眼睛湿润地定睛看着我。

"我真的,真的实在太感谢您了。"

"别这样。我最受不了这一套了。"

泽野终于忍不住大笑出声。

"能给老师当助手,真是我的福气。"

真希把礼物抱在胸口,深深地低下了头。

泽野看了眼手表,从椅子站起身来。

"……我差不多该走了呢。"

"那你就把真希送到车站吧。"

"遵命!"

语毕,泽野中规中矩地立正,向我行礼。

"这段时间,辛苦您了!"

"泽野君,你才是受累了呢。承蒙你一直以来的多方照顾!"

"老师您单行本大结局的分镜稿画好后,联络我吧。"

"哎哟,还要审查吗?都已经结束了连载的原稿。"

"那是必须的。我是您的责任编辑嘛。请一定让我站好最后一班岗啊。"

我微笑点头。这部连载真的是一路走来,一直到最后都遇到了优秀的编辑呢。

把两人送到玄关,我伸了个大懒腰,顺势敲了敲左右肩膀。

"早知道就给泽野也准备一份礼物了呢……"

我自言自语地嘀咕着,回到了自己的工作台。工作室的角落有用于开会的组合沙发,但还是自己的工作台更让我放松。

仔细想来,我这辈子还从未送过男人礼物呢。

为了挑真希的礼物,可是谋杀了我不少的脑细胞。这回轮到给泽野选礼物,估计会更加纠结。

杯底剩下的意式浓缩咖啡已经凉了,我啜了一口,为这个问题头疼不已。

2

我已故的外公年轻的时候，在神户造船厂做"锵锵虫"。

所谓锵锵虫，就是把船上的锈迹撬下来的劳工。

他们手持除锈用的榔头，面对驶进干船坞里的巨大轮船，日复一日地重复着枯燥无味的作业——锵锵、锵锵地把船身铁板上的锈迹敲打下来。

外公十五岁时毅然离开小岛，踏上了去往大阪的旅程。

据说当时所有的招人传单和招贴上，都理所当然地表明拒收琉球人和朝鲜人，小岛出身的外公很难找到称心如意的工作。他请同乡帮忙一路来到了神户，几经周折才找到了在造船厂做锵锵虫的工作。

外公在昏暗的干船坞中，度过了他人生中本该朝气蓬勃的花样年华。二十岁时他已说得一口流利的关西腔，用一点一滴积攒下来的微薄存款，托了亲戚帮忙去了东京，成为了一名警察。

外公虽然工作时是个勤勤恳恳的老实人，但在家却是个十足的暴君。就连晚饭的煮菜稍微咸了点这样鸡毛蒜皮的小事，他都会对外婆拳脚相向。

从警察局退休以后，不受老婆孩子待见的他也不知道是哪根筋搭错了，一个人跑到西武新宿线沿线的井荻站附近，用积蓄和退休金开了一家拉面馆。

妈妈每次和我说起这件事时，总会愤愤地补上一句："我在家就从没见过他进过厨房！"

我和浩市第一次见到外公时，他就已经开始经营这家拉面馆了。

我俩当时都还很小，如果没记错的话，大概是第二次去那个小岛旅游不久之前的事。

那天，妈妈给我们换了稍显正式的漂亮衣服。我穿上平时不怎么穿的裙子，头上还扎了朵蝴蝶结。浩市则套了件胸口带着徽章的藏青色小西装。

我和浩市开心得都快得意忘形了。

因为外婆住在我们家附近，所以隔三差五地经常见面。父亲这边的爷爷奶奶虽然远在福岛，不过我们逢年过节放长假的时候都会去看望他们。

完全没见过面的，就只有这个在井荻的外公了。

在我和浩市的小脑袋瓜子里，爷爷奶奶外公外婆这样的长辈，就是那些会待我们特别亲切，会给我们好吃的点心，给我们买绘本和玩具的人。

所以我们想当然地认为，第一次去井荻见的外公也会是那样的人。

　　黄色的西武新宿线摇摇晃晃，母亲全然不顾我和浩市的兴高采烈，独自沉浸在郁闷的心情之中。几天前她就告诉我们要去见井荻见外公，不管是通知我们的时候，还是其后的好几天，她都再三叮嘱我们要有礼貌。仔细想来，要这么特地打点服装去亲戚家玩，也就这么一次。

　　我们长这么大都还没见过外公，原因其实很简单。

　　妈妈不想让我和浩市见他。

　　不仅妈妈不待见外公，亲戚们也很讨厌他。

　　他在离开外婆，被孩子们疏远以后，依然我行我素。听说当年爸爸上门拜见他的时候，外公喝得酩酊大醉，吼了句："你这家伙，仗着大学毕业，自我感觉良好，看不起我是吧。"凭着莫须有的理由要揍爸爸，害得妈妈赶忙插手阻止才使事态没有进一步恶化。

　　那天，浩市戴着广岛鲤鱼棒球队的红帽子。

　　藏青色的小西装和红帽子很不搭调。但浩市当时非常喜欢这顶帽子，出门的时候总会戴着它。

　　我觉得浩市对棒球运动本身并没有什么特别的兴趣。那时他年纪还小，只是单纯地觉得这顶红艳艳的帽子很酷，才特别中意的吧。

　　妈妈那天也劝他不戴去，但他任性撒娇，结果还是戴了出来。

　　然而，正是这顶帽子惹来了这一连串的祸事。

　　外公一看到素未谋面的外孙头上的那顶红帽子，脸色马上就沉了下来。

他一把摘下浩市头上的帽子，随手扔进了店里盛满没用的猪骨头和残羹剩菜的垃圾桶。

浩市被这突然而来的变故吓到，哇哇大哭起来。

"你就是让孩子戴着这种帽子从车站一路走到这里来的嘛！"

"你这是诚心打扰我生意的吧！"

他对妈妈大吼大叫，又对浩市说道：

"回头我给你买个更好的帽子。西武狮子队的蓝帽子。"

外公是西武狮子棒球队的球迷。

不过估计那也只是因为他在西武线沿线开店的缘故。

一个早已把故乡抛在脑后的人，却有这种可笑的地域意识，什么逻辑？！

他这绝对是小题大做。要不然就是他那个时候已经快要疯了吧。

我、浩市和妈妈气氛尴尬地围坐在店里的大桌子边，吃着外公做的又臭又难吃的猪骨拉面。

桌上还坐了一个寄宿在二楼的外国女人。她莫名其妙地兴致高昂，不时地用她那支离破碎的日语招呼我和浩市，但我完全听不懂她在说什么。

妈妈拼命无视那个女人的存在，一声不吭地吃着拉面。

很久以后才有人告诉我，当年那个外国女人是外公的情妇。而且，她的年纪几乎和妈妈相差无几。

和外公初次见面的气氛十分尴尬，不过由于我和浩市还是孩子，不懂人情世故，所以还是使足了劲想讨外公的欢心。

我和浩市从家里带来了图画本。

我擅长画画，所以就和弟弟商量，要画一幅画送给外公作礼物。

浩市非常喜欢恐龙，在他的提议下，我们画了一张长颈龙的画。

那是一种住在海底，有着长长的脖子和海龟那样独特鳍足的长颈龙。

我打好底稿，浩市精心地用蜡笔为它上了色。

整张画耗费了大半天才完成，我们心想，外公收到那么漂亮的画，一定会赞不绝口的。

车子驶过茅崎市的环城路，沿着海岸线朝西湘再开上一阵，便可以在国道边看到一栋面朝大海的全落地窗建筑。

那就是"西湘昏迷交流中心"。

穿过栽满棕榈树的宽广大门，我把车开进建筑物后面的停车场。

开阔的停车场能够同时容纳五十辆车，不过当下只稀稀拉拉地停了没几辆。每次来都是这么冷清。

我选择了角落的车位，停下已经开了三年的大众高尔夫。把排挡挂到停车挡，看了眼手表，比预约时间还早到半个小时。

不早也不晚，来得刚刚好。

下车后海风拂面而来，夹带着一阵潮水独有的清怡咸香。

我举步穿过停车场。

在昏迷交流中心的院内，并列耸立着三栋几何风格的建筑物。

分别是正面玄关的主楼、研究大楼和住院部。

如果不事先告知，绝大多数的人都不会觉得这儿是医院吧。因为这里的建筑风格会给人一种错觉，误以为这里是美术馆，或者是公共剧场、大厅之类的地方。

四周没有人的气息，整个中心好像沉睡般静谧无声。

打开玄关的大门，映入眼帘的是铺上油地毡的宽敞大厅。让人联想到神殿圆柱的粗混凝土柱子齐整排列，支撑着中庭高挑的天花板。

圆柱的周围，摆放着几只看起来颇为华贵的单人沙发，但无人问津。

抬头望去，天花板由整块玻璃制成，漆成白色的钢筋骨架构成各种三角形相互支撑。外面阳光明媚，大厅里却有些昏暗。

我来到前台，向工作人员说明了来意。

稍等了一会儿后，领到一张访问者用的身份卡，乘坐大厅里的电梯上到三楼。

当我走进指定的会议室时，榎户早已久候多时。

察觉到我的到来，他从桌上电脑终端画面前抬起头，起身向我点头招呼。

榎户大概三十五岁左右，长了一张如草食动物般忠厚纯良的脸，戴着一副无框眼镜，不过脑袋倒是剃了个清洁溜溜的光头。

　　他就是负责我和浩市精神交流的技师。精神交流是指通过名为 SC interface 的交感器与昏迷状态中的患者进行精神沟通的技术。是一种在医生的指挥下，由专业的技术人员——"神经工程技师"——进行的尖端医疗技术，也称之为"机械昏迷交流"。"西湘昏迷交流中心"是日本唯一进行此项治疗的医疗机构。

　　最初的几次精神交流时，主治医生也会参加事前的例会，现在如果没有什么特别的情况，就只有这位榎户先生一个人陪同治疗了。

　　彼此简单地寒暄后，榎户请我在正对着他的椅子上坐下。

　　他有条不紊地交代通过交感器进行精神交流的一般注意事项等，慢条斯理的语调简直就像是做某个宣誓。我出神地望着他白大褂胸口吊着的身份卡，心不在焉地听着。

　　"浩市先生在上次，以及大上次都是用'那种方式'中断了和您的精神交流吧。"

　　榎户的问话终于让思绪飘离的我回过神来。

　　不知不觉间，话题好像已经切换到浩市的详细经历上来了。

　　"是的。"

　　我简单的回应了一声，点了点头。

　　榎户刻意用"那种方式"这种隐晦的表达，也是出于体谅我的心情吧。确实，那个方式对精神交流当事者带来的冲击实在太大，即便事先知晓也很难适应。

"到目前为止，精神科的医生已经多次通过 SC 交感器对浩市进行辅导，但都没有特别的起色。所以还是要搞清楚原因才能对症下药。请问……"

"您是想了解我弟弟自杀未遂的起因吗？"

"……正是。"

榎户为了照顾我的感受，说话总是小心翼翼模棱两可的，我索性单刀直入地反问他。

浩市数年前自杀未遂，但因脑部受了外伤而变成了植物人，从此陷入了昏睡状态。

三年前，我把他转来这家"西湘昏迷交流中心"。很幸运的是，通过 SC 交感器进行的机械昏迷交流取得了成功，自那以后我就能与昏睡状态的浩市进行精神交流。

"今天您如何打算的呢？浩市先生的状态很稳定……"

看来榎户反而是在担心和浩市的精神交流后我所遭受的精神创伤。

"当然还是要做的。"

我坚定地点了点头。我正是为此才支付高额的住院费用，每次提早预约，每个月都往返于这家医院的。

"嗯，好的。"

榎户关上笔记本终端的盖子，起身离开屋子去做准备工作。

过了一会儿，一名年轻的护士代替榎户进来，领我离开了会议室。

在住院部的浩市现在也应该和我一样，正被护士们转移去研究大楼的精神交流室。

穿过连接通道，由主楼进入研究大楼，我被带进了一个像更衣室的准备室。在那把衣服脱到只剩内裤，取出消毒袋里的浅绿色病人服换上。

把贵重用品放入准备室墙壁上的保险柜，用身份卡寄存上锁。

我跟随着在外面等候的护士离开准备室，穿过走廊，朝精神交流室走去。

"和小姐？"

突然有位护士向我打招呼。

这位护士看来才二十多岁，非常年轻。她个子小巧，眉眼灵动，给人一种稚气未脱的感觉。

"和小姐，您该不会就是漫画家和淳美老师吧？"

"呃——我就是。"

我点头承认，心里却升起一阵厌烦。

"我就说嘛！"

小护士用高了八度的声音尖叫道。

"我是老师您的超级粉丝耶！从初中的时候我就……"

"啊，是吗？非常感谢你的支持。"

坦白说，我很讨厌在这样的场合遇到粉丝。

这就是我为什么讨厌用本名工作的原因。

当年出道的时候，我曾想过各种出色的笔名。然而杉山先生一个劲地给我推荐那种满富少女情怀的名字，让人一看就浑身起鸡皮疙瘩。虽然作品的名字让他给取了，但笔名我绝不让步。我们大吵一架后，双方同意用本名出道才终结了这场命名大战。

因此，我就落得了现在这个下场。

粉丝们很容易就追查到我的地址和电话号码，不管在哪儿都会引来粉丝们不请自来的殷勤"问候"。

或许是我沉默不语，无意多说的冷淡让她退却，小护士之后再也没多说些什么。

走进精神交流室，榎户已经等候多时。

令人遗憾的是，住院者用的精神交流室位于技师所在的另一侧控制室，我从申请人的精神交流室看不到近在咫尺的浩市。

精神交流室与控制室由厚厚的玻璃，以及它边际的钢制门区隔，榎户走进控制室，而我则在房间中央的床上仰面躺下。

这床外形像一张按摩床，上方有支撑脖颈的部分固定脑袋，如此一来便可以毫无障碍地在整个头部进行作业。

领我进来的护士之外的两名护士站在床边，我接过其中一位递来的眼罩戴上。

所有的光线在眼前消失。

接下来，只听见榎户发出各种指令，脑袋上好几处隐隐作痛，好像有针一样的东西刺了进去。

这就是被称之为"非侵略型"的SC交感器。这个机器通过多排水平插入头皮与头盖骨之间的扫描针来获得精神交流的所需信息。

这些扫描针非常细小，只有几厘米长，每插入一针，在控制室的榎户都会通过监视器用麦克风指示调整精确的落针位置以及刺入深度。

虽然我对此一窍不通，但是这看上去很考验手底功夫，因为一下子要插好几十根，要是护士技术不够娴熟，光是完成这个准备工作就得耗费一个小时以上。

眼睛被眼罩蒙住，听着麦克风传来榎户的声音，感受着护士在头顶抚触的手指，一阵阵睡意向我袭来。

起初听说要在脑袋上扎像针一样的东西时，我心里很不安，每次落针都紧绷着神经，半刻都不松懈。不过一旦习惯了以后，在脑袋上插针出奇地痒，反倒让我很想睡觉。

我不知自己是睡是醒，渐渐地感觉不到护士们在头上来回抚触的手感，意识开始飘忽在浓重的黑暗中。

精神交流室完全隔音，我的耳朵也被塞住——护士们给我戴上类似耳机那样的东西。

耳机里传来轻巧的杂音，给人一种在海边听潮起潮落的错觉。

听榎户说，这声音的频率与胎内音十分相近，是建立精神交流不可或缺的东西。

深层精神交流的当事者能共享对话、图像，更进一步共享过往的记忆、感情，甚至还包括精神本身，而这一切都是从在这轻巧杂音的大海中同步频率开始。

我现在既没有睡着，也不算清醒，准确地说是在半梦半醒之间。

浩市躺在对面的控制室，榎户应该在调整植入他脑硬膜的颅内接收器，使它的频率与刺入我头皮的扫描针同步。

精神交流的当事者一旦进入半梦半醒之间，就会失去对时间的感觉。因此虽然当事者无法感知，但要建立精神交流的同步作业，快的话只要几分钟，慢的话则需花上好几个小时。

也有花费耗费很多时间反复尝试，却还是无法建立精神交流的情况。

导致失败的原因各种各样，有的是与当事者契合度的关系，也有因为个人体质原因无法适应SC交感器，导致身体不适的案例。

不过据说导致精神交流失败最多的原因就是——处于昏睡状态的患者本人拒绝接受外来的精神干涉。这种情况下，精神交流是无法进行的。

最不可思议的是，你永远都不知道精神交流是什么时候开始的。

例如现在，我穿着不太习惯的短裙，头上扎着蝴蝶结，坐在黄色的西武新宿线上摇摇晃晃。

我的旁边坐着妈妈——其实数年前她就死于直肠癌了，而浩市则坐在妈妈的另一侧。

他戴着广岛鲤鱼队的红色棒球帽，穿着胸口有着徽章的藏青色小西装，看起来不伦不类的。为了搭配休闲小西装，下身还穿了藏青色的五分裤。

浩市年纪还小，脚都点不到地，悠悠地前后摆晃着。

坐在我身边的妈妈，如果不是从我自己的记忆深处抽离出来的，就是浩市印象中的妈妈，要不就是两者结合而成的。

在精神交流时，无论眼前的这一切看起来有多真实，她都不是我的妈妈，更不可能是拥有灵魂的其他人。

医生和技师们把像她这种出现精神交流中的、没有思想的人，称之为哲学丧尸（Philosophical Zombie）。据说这个单词原本是哲学术语。

不过，坐在妈妈另一侧的四五岁小男孩，却毫无疑问是通过 SC 交感器与我建立精神交流的浩市本人。

不知道他这是故作姿态，还是在伺机行动？浩市看也不看我一眼，目不转睛地盯着西武线的地板，前后晃悠着够不到地的小腿。

我将视线转向列车外流淌而逝的风景。

外面天气晴好，沿线搭建的住宅多是瓦片屋顶低矮的新型平房，形状大同小异，排列整齐，好像落在棋盘上的棋子，各家房前的竹竿上还晾着随风摇曳的梳洗衣物。

我闭上眼睛。

提醒自己现在身处昏迷交流中心，正通过 SC 交感器与浩市进行精神交流。

通过 SC 交感器建立精神交流最让我头疼的，就是偶尔会陷入其中不可自拔。在这种情况下，通常只有在睁开眼睛那一刻才会认识到自己是在精神交流。那种晦涩的空虚感，实在让人一言难尽。

"姐姐，你还记得吗？"

我正闭目自醒，耳边突然传来浩市的声音。

"你还记得那张长颈龙的画吗？"

"我记得噢。"

我回答道。

我记得很清楚。

那张长颈龙的画,是我们给素未谋面的外公准备的礼物。

长颈龙画得很漂亮,我们以为外公收到后一定会大加称赞。

睁开眼睛,发现自己跪坐在井荻外公面馆角落的和式坐席上,这家店在现实世界里早已关门大吉了。

我和浩市乖乖并排坐在四方桌前,外公坐在我们的对面,他身上的白色厨师服油渍斑斑。

妈妈在邻桌闷头吃着我和浩市剩下的猪骨拉面。

外公的情人一厢情愿地用她支离破碎的日语跟妈妈搭话,洪亮的声音在店内回响。妈妈完全不搭理她,默默地吃着那已几乎彻底涨开的、只留猪油臭的拉面。

外公面前放着我们费尽心思画的长颈龙。

"你们这两个小家伙,再不好好学习可不行哪!"

外公操着年轻时在神户学会的关西腔教训道。

听妈妈说,外公讨厌故乡小岛的方言,就算是后来回到小岛出家了,还是满口关西腔。

"这世上怎么可能有这样的恐龙!"

外公从胸口的衣袋里拿出一只粗大的魔术笔,在我和浩市煞费苦心地打好底稿、用蜡笔上色的长颈龙的鳍足上画了拙劣的腿,那脚粗壮得让人联想起大象。

"恐龙就该这么画,看到没!"

他啪的一声把我们画的那页撕下，打开素描本的白页，把它和沾着油污的魔术笔推到我们面前。

"好了，照你外公刚才改的样子，重画一张看看。"

外公的野心和自尊高人一等，但却没有教养。

所以他总是认为自己是无所不知的。

我只是被吓了一跳，浩市却极受伤害。

他马上扑向桌子对面的外公，但被他面无表情地一巴掌扇了回来。

外公回头劈头盖脸地责问起闷头吃着拉面的妈妈："这小孩子怎么一点教养都没有……"

被扇了巴掌的浩市，小脸隐隐泛红，号啕大哭；外公和外国女人开始用半吊子的外语和日语争吵起来。

我默不作声地看着支离破碎的画，上面的长颈龙被莫名其妙地画上了脚，硕大的泪珠吧嗒吧嗒地落了下来。

"我觉得，无知本身就是一种罪。外公那么讨厌小岛，最后还不是回去出了家。他就连出家当了和尚，那臭脾气也没改掉半点，去世的时候，只来了两个客人祭奠他。"

我用手拭去眼中涌起的泪水，抬起了头。

浩市就站在我的面前。

不是小孩子的浩市，而是过了好多年以后，长大成人的浩市。

环顾四周。

这间屋子看上去很眼熟。

原来是以前我在阿佐佐谷租的单间公寓。

我作为漫画家出道不久前租了这套公寓,一住就是好多年。

房间里除了工作用的桌子和椅子、床,还有小书架和梳妆台以外,没有其他像样的家具。

浩市背对着阳台的落地窗站着。

他来过这间公寓?

我努力回想。应该没来过吧。

房间里单人床紧挨着墙,我坐在床边抬头望着他。

浩市嘴角浮起淡淡的微笑。

微笑中带着些许讨好与迎合。

他小时候绝不会露出这样的笑容。

"谢谢你能来见我。我很高兴哦。"

他皮笑肉不笑地说,随后拉过手边我工作用的椅子坐下。

"你要去那小岛吗?"

浩市一眼看透我心中的迷茫。

现在我们通过 SC 交感器联系在了一起,说不定他能像心电感应那样掌握我的想法。

反倒是我,总想要了解浩市的内心却不得其门而入,或许那还需要什么特别的方法,或者更深层次的精神同步。

"你还是放弃吧。去了只会让你失望。他们筑了海堤把那个珊瑚礁石滩整个围了起来。挂着红布的竹竿,早就没有了。"

浩市慢条斯理地揶揄道。

自那以后过去了三十年。听亲戚们说,小岛的风貌发生了翻天覆地的变化。

虽然人工沙滩的计划失败了,但有了奔着潜水和垂钓而来的观光客,岛上还开了两三家便利商店。

"有着回忆的地方最好不要再度拜访。因为当心里的风景和现实重叠时,一瞬间所有的美好都会顷刻幻灭。"

或许他说的不无道理。沉寂在我心里的猫家与石滩的风景,也许还是就此尘封心底为好。

浩市打开阳台的落地窗。

温和的风吹进房间。

我把视线转向那里,却迷失了他的身影。

只余窗帘乘着外面吹来的风,轻摇慢荡。

他好像纵身跳下了阳台,也有可能只不过是突然消失在了原地。

倘若我走了出去,探身往楼下看,或许可以发现浩市坠落在地面浴血的尸体,但我却连证实的勇气都没有。

仿佛幽魂般怅然所失,我心神不宁地在房里兜兜转转了好一阵子,扪心自问我到底该怎么办。

就在那一刻,我醒了。

由于眼上覆着眼罩,耳朵也塞着类似耳机的东西,我一下子反应不过来自己身在何处,就连现在是精神交流的延续,还是已经结束了,都无法马上判断。

"您就这样保持不动,请深呼吸,放松自己。"

榎户的声音通过监视器的耳机传来。

直到那时,我才明白,我已经回到了现实生活。

我按照指令大口吸气,然后又慢慢地吐气。

好像有人进了精神交流室，应该是护士吧。

有人帮我把脑袋上数十根的扫描针取下，仔细地为头皮消毒。好像有几处出血了，护士中的一人用浸有消毒药水的脱脂棉轻轻地按在我头上止血。

过了一会儿，耳边响起了不知是推车还是别的什么的咕噜咕噜撤退的声音，随后就听到榎户不是通过监视器的真实声音。

"精神交流已经结束了噢。"

我取下眼罩，睁开眼睛扫视整个精神交流室。

除了站在床边的榎户，其他人都已经走了。

我支起自己的上半身，胡乱地摇了摇晕眩的脑袋。

随后抬头看了眼挂在墙上的时钟。

虽然在我的感观里，和浩市的精神交流只持续了几分钟，然而在现实生活中，自我进入这个房间以后，时间已经悄然走过了三个小时。

3

"那个……"

我对真希说,她正得心应手地用马克笔给彩色原稿上色。

"啊,不好意思。我这边估计再有一小时就能完成了。"

她大概误以为我是在催她,赶忙高声回应。

"我没想催你。我想说,一起休息会儿吧。"

"啊,那我来做两杯咖啡吧。"

真希正要站起身来。

"别麻烦了。我来做吧,你继续上色。"

听到我的话,真希抱歉地缩了缩肩膀,再度埋头于原稿。

我站在喷着水蒸气的意式咖啡机前,向真希那儿望去,她真是个能干的孩子。

给原稿上色一直是我的薄弱之处,现如今更是绝对不碰。年轻的时候,我会勉为其难地用水彩画具和彩色铅笔上色。成名以后,遇到诸如杂志的卷首彩图、单行本的封面之类一定要画四色原稿的时候，便会临时雇用专业上色的助理。

我单手端着一杯意式浓缩咖啡走近真希，从她身后探身看向自己的原稿。

那是一张单行本最终卷封面的原稿。《乐蜀》的漫画。

真希全情投入地在上色，完全没有发现站在她背后的我。

最近，越来越多的人选择把黑白线条画稿导入电脑，然后用软件上色完成彩色原稿。但我和真希在个问题上都是彻底的手工派。

不过，与从头到尾自学成才的我不同，真希毕业于美术大学设计专业，她的绘画技巧全然在我之上。

COPIC牌马克笔是插画家和设计师的最爱，简单来说就是用来上色的钢笔。看到真希游刃有余地给原稿上色，我的心情不由大好，虽然我自己怎么也用不上手，却一下子买齐了三百二十二色的全套马克笔给她用。

原稿边放着几十根马克笔，我满心佩服地欣赏着真希慧至心灵地涂涂抹抹，心下想道：其实现在这个状况对真希来说，并不是一件好事。

一般来说，大家都会认为漫画家助手这个工作，是想要成为漫画家的新人在出道前做的事。但漫画家助手中也有不少称之为职业助手的人，他们在做助手的过程中，慢慢地把这个工作变成了自己的职业。

他们中的有些人，像真希这样拥有扎实的绘画功底，但完全没有想要画出自己的作品，就这么给人打下手浑浑噩噩地过日子的话，他们可能再也无法凭借自己的作品维持生计，结果便成了职业助手。

业界里有这么一个的诅咒——凡是长期给别人做助手的人都成不了畅销漫画家。

我个人在出道前也没怎么给别的作家当过助手。

"我说真希啊——"

怕弄脏原稿,我把盛着意式浓缩咖啡的杯子放在真希身旁的桌子上。

"这个工作结束以后,短时间内可能没有要做的事,你有什么打算吗?"

"嗯,我会拜托泽野先生给我介绍新的老师。"

"你是要去当别人的助手吗?"

"啊,如果老师有新连载开始的话,我会马上回来的。"

她好像会错意了,一脸慌乱地赴忙补充解释道。

"你这样可不行哦。"

我声音微沉,说道。

"诶?"

真希的语音中透出一丝不安。

"你得画你自己的作品。最近有没有在画?"

听到我的问题,真希稍微考虑了一下,轻轻地摇了摇头。

真希大约三年前出道,当时她参加了我连载的……不,应该说是我连载过的《别册三色堇》的比赛,获得了新人奖。

彼时她的责任编辑是泽野,在他的鼎力推荐下,得奖作品还在杂志上刊载了。

我也在泽野的推荐下读过真希的出道作品,老实说她的绘画技巧实在不像一个新人，在她深厚的绘画功底下，作品的内容反而显得苍白无力，无法打动人心。这使人不由得再次认识到一个事实——漫画不是绘画，只靠画得漂亮是行不通的。

踌躇满志的泽野原计划把真希打造成一个惊世的新人，趁势从短篇直接获得连载一步登天，而现实却与泽野的预期背道而驰，真希刊登在杂志上的出道作品在读者调查表里并没有得到良好的反响。见到如此现状，他也只得偃旗息鼓，意志消沉起来。

自那以后过了一段时间，泽野便把真希带到了我这儿。

泽野用他那一如既往不着调的口吻说了这么一段话。

"老师您不擅长画画，所以像她这样的助手一定会非常有用的吧。作为交换，您得让她偷学您人气漫画家的分镜诀窍。这就是所谓的做礼尚往来嘛！"

虽然这话说得有失分寸，但真希的到来确实帮了我大忙。我自己都觉得有些太过于依赖她了。自从我雇佣她担任我的专职助理后，除了特别繁忙的时候，我都不再需要其他的助理了。或许如此忙碌的助理生活就是迫使她无暇顾及自己的作品的罪魁祸首。

"如果你画了什么新的作品，拿到泽野那儿去之前，先让我看下吧。"

听了我的话，真希蔫蔫地点了点头。听泽野说，真希已经一年多连分镜稿都没给他看过了。

她或许是对自己有点失去自信了，我想。

每一次收到分镜稿，责任编辑都会严格审阅内容，然后不断地让作者重画修改，好不容易过了责编这一关，作品又会在编辑会议上碰壁，甚至被毫不留情地退稿。如此循环往复的过程让画漫画不再是一件乐事，作者也渐渐搞不明白该画什么才好了。真希目前就是陷入了如此的境地吧。

我年轻的时候也有过这样的经历。在第一次获得连载机会前，我和杉山先生一起制作的最终没有被采用的分镜稿不下上千张。

真希和责编泽野两人看起来相处得挺融洽，所以问题还是出在她自己身上。

"总之，你要趁这个机会减少助手的工作，多花点心思在自己的作品上。"

"您说的是。"

真希低头应道。

"别担心。这段时间里，我会照旧给你薪水的。"

"诶？"

"会多久呢，一年左右？不过你得在这段时间里给我出成果哦。再拖下去我可不管你了呢。你明白吗？"

真希一脸吃惊地抬起头来，不住地点头。

我自己短时间内都还不会有工作呢，倒还想着要照顾她，我还真是人好到无药可救。不过话说回来，真希确实也为我付出了很多。以她的表现而言，之前我付给她的薪水实在称不上丰厚。所以为她做这点事也是理所应当的。

让真希重新开始原稿上色的工作后，我端起意式浓缩咖啡回到了自己的工作台。

光线透过玻璃砖墙洒落在工作室内，我坐在椅子上欣赏着这一片蓝色的日光。

在真希给原稿上色的这段时间里，我决定修改用于单行本最终卷的原稿，确认需要多加修饰的地方。

由于之前的稿子是截稿日前拼命赶出来的，所以需要对完成得比较糟糕的画稿进行修饰，还要调整一下对白。此外，为了能让这部在杂志上草草收尾的作品能有个最后的交代，我还打算追加几十页增补的大结局。

不过，即便我打开了画分镜稿用的纯白画簿，心里总止不住有一种"一切就这么结束了"的失落感，脑子里一片空白。

为了调整心情，我离开了工作室，决定回楼上自己的房间去。

和往常一样吩咐真希，让她画完原稿后就打内线通知我，随后便踏上了从工作室直通二楼起居室的楼梯。

打开走廊尽头的大门，走进完全私密的空间——对独居而言稍嫌宽广的起居室。由于我特别爱干净，所以房间里没有多余的装饰和家具，反倒显得有些空荡荡的。

我还是不想马上投入分镜稿的工作，便伸手去拿起居室桌上的那叠邮件。

在各种开支明细、公共事业费用账单、定期寄送来的宗教团体的劝导宣传页和请求捐赠的环境保护团体的邮寄广告中，一张明信片吸引了我的目光。

明信片上印着南部大海的风景照。

在广阔的珊瑚礁浅滩里，星星点点地密布着大大小小的水塘。

那些水塘隐隐泛着青苔绿色，林林总总地点缀在焦茶色的浅滩上。远处是一望无际的湛蓝天空与大海，白色的积雨云从海平线上冉冉升起。这张照片完全再现了我和浩市儿时去的那座小岛的风景。

我盯着明信片上的照片，看了好一阵子。

一时之间，我试着想象，照片里的某个池子中也插上了我记忆中的那根系着红布的竹竿。

红布是用来警示危险地带的。

我翻过明信片，看了下寄信人的名字。

蓝墨水的字迹端正秀美，用的是钢笔。

只消看一眼，我便明白这不像是粉丝寄来的信。

那些会特意写信寄来的粉丝，无关年龄大小，字迹都会比较幼稚。

寄信人的名字是仲野泰子，但我对这个名字毫无印象。

明信片的内容十分短小精悍。大致是为前几天冒昧打来电话而道歉，还说儿子生前承蒙照顾，非常感谢云云。

我把明信片放回桌上，抱起双手陷入了沉思。

她说的这两件事，我都没什么印象。

不对，等一下。

我再次拿起明信片，仔细端详这个叫做仲野泰子的寄信人名字。

虽然我想不起这位寄信人是打哪儿冒出来的，但前阵子泽野来的时候打来电话的人，不正是叫这个名字的吗？

当时，我让真希接了电话，因为是完全陌生的名字，所以便让她随便应付一下就挂了。

我满心认为那是某个粉丝临时起意打来的电话，难不成对方是有很重要的事才打来的吗？

我开始和自己较劲，拼了命地想要把仲野泰子这个人给回忆起来。

我儿子生前给您添了不少麻烦？她口中的儿子是谁？

苦思冥想了好一阵子，我才想起了她是谁。

很久以前……那时杉山先生还是我的责任编辑，也就是说差不多十多年以前。

那时，发生了一起中学男生自杀未遂的事件，当事人是我的粉丝。

前不久被砍掉的《乐蜀》，当时还在《别册三色堇》上连载。他是《乐蜀》的忠实读者，自连载开始起，我便不断地收到他寄往编辑部的厚厚的信。

他在信上写到，我将来要和和老师一样成为一名漫画家。而我也给出了老生常谈的中肯建议：如果你想成为漫画家的话，不能只看漫画，还需要涉猎电影、戏剧、小说等的各种领域，大量阅读不同类型的书籍。

此后他似乎真的很努力地发奋学习，一直写信汇报他的近况。

我现在对哲学产生了兴趣，在读这些书；最近我觉得外国文学、戏剧很有意思，开始读起了古典戏曲相关的书……信笺上总是洋洋洒洒地写满了诸如此类的学习心得体会，秀丽端正的字体体现出他一丝不苟的个性。

一学到新的知识,他便会急着想让我知道,马上会在信上写道,老师你看,我懂得了这件事噢。这种故作世故的孩子气,总会让看信的我不由得会心一笑。

然而,连载走上正轨,人气见长以后,我就忙得昏天暗地,连把每天寄到编辑部的大堆粉丝信件全部过目的时间都没有,更不要说是回信了。

除了《别册三色堇》以外,我还接了别的工作,迫在眉睫的截稿日每个月都会赶上好几回,异常忙碌的生活让我渐渐地把这位难得的粉丝忘在了脑后。

接到男孩母亲的来电,也正是那个时候。

电话是从医院打来的。她说儿子在学校一直受人欺负,实在忍无可忍跳楼自杀,现在重伤陷入昏迷。

虽然我并不清楚具体情况,但据说那个男孩把我的回信和亲手画的插画当作宝物一样珍藏,即便我不再给他回信,他也还是一如既往地喜爱我的作品。

男孩母亲打电话过来是有事相托。

她说:"我的儿子正在死亡线上挣扎徘徊,很有可能就算是保住性命也再也恢复不了意识了,如果可以的话,老师能否来医院探望他一下。"

我马上答应了她的请求。

我知道这样说会显得我很不近人情,但是我还是要说,我答应她的请求,并不是出于我担心这个热爱我的作品的男孩安危的缘故。终日忙碌的我,只是想找一个逃离工作的借口罢了。

极力说服杉山先生这是一个性命攸关的紧急情况，把能够交给别人做的工作全部推给了助手后，我在一脸阴沉的杉山先生美其名曰随行的监视下，打的奔赴医院。

刚回忆到这里，我的手机响了。

从口袋取出手机，看了下来电提示，是杉山先生打来的。

我手忙脚乱地按下通话键。

"听说你的连载马上就要结束了呢。"

简单的寒暄后，杉山先生用依旧如昔的温和语气说道。

"因为换了部门，要不是泽野提到我还不知道呢。真是辛苦你了。"

耳边听着杉山先生温柔的声音，我一时不知该说些什么回应。泽野通知我连载在编辑会议上"被结束"的时候，也没有此刻这般心思恍惚。

"真对不起……"

抱歉的话不禁脱口而出。记得我还是新人的时候，我和杉山先生连觉也不舍得睡，我俩没日没夜地开会，构思作品的情节，制作分镜稿，好不容易才取得了最后连载的机会。过去的那一幕幕仿佛就像是昨天才发生的，如走马灯般地掠过我的脑海。

《乐蜀》并不仅仅属于我。

至少在最初的时候，是我们两个人共同完成的，换句话说，它就像是我和杉山先生的孩子一样。

脑中遥记起当年的那些回忆，我不禁抱着听筒泣不成声。

是我的错。是我把我和杉山先生的孩子弄丢的。

听筒的那一端的杉山先生体贴地默默等待着,直到许久以后我的情绪平复能够再次开口与他交流。

"我记得你第一次拿自己的作品过来的时候,还是个高中生呢。"

"不是哦,我高中念到中途就退学了……"

"是这样的么?"

"那个时候我一边在牛肉盖浇饭店打工,一边画漫画。"

"原来是这样的啊。"

我仿佛可以感觉到杉山先生在电话那头的微笑。

"要是没有遇见杉山先生,我的人生又会变成什么样呢?"

"你就算没遇到我,也会成为漫画家的!"

"……您过奖了。"

我抽泣着,总算能说出像样的话来。

"听泽野说你要办连载结束的答谢会。"

"啊,是的。"

"我能来吗?我很想参加呢!"

"那是当然,您可一定要到啊。"

就在那时,眼角的余光突然瞄到了桌上放着的明信片。

我拿起明信片,将印有南部小岛大海照片的那面翻过去,再次确认了下寄件人的名字。

"那个,杉山先生。"

"怎么?"

"不好意思,我有个奇怪的问题想问你。很久以前,您还是我的责编的时候,有一次我任性地要在连载中途请假。您还记得吗?"

"那我当然记得。不过可不止一次哦。你说的是哪次?"

杉山先生开玩笑似的揶揄后,在电话那头哈哈大笑。

"我说的是,有个男孩粉丝自杀跳楼去医院的那次。"

"啊。"

杉山先生收住了笑容。他好像对此事还有印象。

"您还记得当时那对母子的名字吗?"

"你等下,我想想。好像叫……"

沉默思索半刻后,杉山先生开口说道:

"好像是姓仲野吧。名字就记不得了,太久以前的事了……"

这就足够了。我看着只有写在寄件人栏处的"仲野泰子",确信她一定是当年在医院只有一面之缘的,我粉丝的母亲。

向杉山先生道谢后,我挂断了电话。再也没有心思考虑单行本用的分镜稿了。

那天,我和杉山先生乘出租车赶去医院,在集中诊疗室附近的专用大厅见到了仲野泰子。

大厅里还有看上去像是泰子女士亲戚的人、警察和自杀男孩的同班同学们,所有的人都面色沉重,或是仓皇不安地抱着双手背靠墙壁站着,或是闭目坐在沙发上。

从通宵赶工的工作室里脱身前来的我,披头散发素颜朝天,穿着两件套的卫衣。杉山先生更是不修边幅,上身套了件马球衫下面搭的是牛仔裤。两个人并肩站在气氛凝重的集中诊疗室的大厅，实在是有失体面。

那里自然没有我和杉山先生的熟人，在场的所有人都对我们这两个突然出现的着装不合时宜的人投以诧异的眼光。

把一时乱了心神不知所措的我丢在一边，杉山先生向大厅里穿着西服的年长男士打了招呼，告知了我们的来意，并询问哪位是仲野泰子女士。

男士指向远处沙发上的女士，她正襟危坐失神地低头盯着自己鞋尖。

那就是仲野泰子女士。

她似乎和我同龄，看上去比我稍年长些。成熟稳重的气质给人留下深刻的印象。

泰子女士注意到了我的视线，她抬起头看向我们。视线交汇之时，她或许是察觉到了我的身份，从沙发上站起身来，向我致意。

"您是和……淳美老师吧。"

泰子女士向朝她走去的我招呼道。

"没想到您真的来了。"

泰子女士感动得泪如泉涌。

大厅里的人们都不知是怎么回事，探究的视线慢慢向我后背集中。原本只把此行当作翘班放松借口的我，当下对自己的浅薄深感羞愧。

杉山先生来到我们身边，和泰子女士寒暄了一番，安慰她务必要振作精神。

虽然心下还是有些踌躇不疑，但我还是把自己带来探病的亲笔插画交给了她。

那是我临出门前，用马克笔花了几分钟随手涂鸦的，但收到画的泰子女士却再三低头致谢，让我惶恐不已，心里更觉不好意思。

由于院方规定只有家人才能探望，我没能见到在集中治疗室的男孩本人。泰子女士说，我去和儿子说一声老师来探望了，把画放在他的枕边就回来。说完便转身去了病房。

趁此机会，我和杉山先生离开了医院。

我们拜托身边的人代为转达告辞之意后，逃离了医院。

是的。我和仲野泰子女士就只有那一面之缘而已。

我再次望向明信片。

寄件人栏里只有仲野泰子女士的名字和住所，没写电话号码和电子邮件的地址。如果不是收到了她为前几日的失礼而寄来的道歉明信片……

想到这里，我不由得对那张明信片的内容上了心。

——我儿子生前给您添了很多麻烦。

这样说的话，她的儿子现在恐怕已经过世了吧。

不过，自那以后已经过了十年，事到如今突然来电，还写来明信片，总让人觉得有点蹊跷。难道泰子女士的儿子是最近才过世的吗？

我懒得再追究，决定小憩一会儿，晚上再做分镜稿。用房间内的电话分机向正在楼下工作的真希交代我的打算之后，忽然觉得有点思虑过度，筋疲力尽的。随便冲了下淋浴，换上淡棕色的丝缎睡衣，回到了起居室。

为了能睡个好觉，给自己倒了杯别人送的白兰地，加上冰块，但不知为何，心神不宁怎么也睡不着。

我摊坐在合成皮革的绿色沙发上。

午后慵懒柔和的阳光照进房间。

这栋房子，是几年前我痛下决心建造起来的。

要造一幢兼具生活空间与工作室功能的小屋，是我一直以来的梦想。

现在，我已经过上了自己当年出道时梦寐以求的生活。

自父母离婚以来，我一直和母亲相依为命，儿提时代的生活并不宽裕。

母亲为了能让我上高中，她不辞辛劳地努力工作，但我却违背了她的心意，中途休了学。

我曾说我休学是为了画漫画，为了成为一名漫画家，但事实却是我讨厌学校。

而时至现在，已经奔四的我，早已回忆不起自己当年的心情。唯有记得那时年少轻狂，只想把一切都抛诸脑后。

然而，逃离学校而闯入的社会，是一个比学校更加了无生趣的世界。

为了补贴家计，我开始在牛肉盖浇饭店打工，为了早日能从这索然无味的日子中解脱出来，我夜夜埋头作画直至深夜。

直到遇见杉山先生，在《别册三色堇》开始连载，出版了第一本单行本后，家里的经济才慢慢宽裕了起来。

为了全力以赴地工作，以及应对连载开始的忙碌生活，便于杉山先生等编辑们和助手们的出入，我搬出了和母亲相依为命的公寓，租了较为宽敞的单间公寓，开始独自生活。

母亲那时一定觉得很寂寞，但她却没有反对，一心只希望我的工作能够顺利。

事到如今，我十分后悔当初离开了母亲。其实我并没有必要丢下母亲搬出公寓，完全可以租一个单间公寓作为工作室，然后往返于与母亲同住的公寓。

然而，那时，年少无知的我满心沉浸在成功的喜悦中无法自拔。

我离家两年后，母亲得了胃癌入院治疗。

非常幸运的是，最初的手术很成功，但自那以后好几年，母亲饱受手术后遗症——肠扭转综合征等病的折磨，再三往返医院。

与此同时，我的工作也到达了忙碌的顶峰。帮我照看入院的母亲的，是母亲年轻时的女性朋友，最终我也是以忙碌为由，只去代代木大学医院探望了母亲两次。

而母亲在第一次手术的三年过后，再次引发直肠癌，撒手人寰。彼时，计划和母亲一起居住的，兼做工作室用的小屋才刚刚建成不久。

结果，我到最后也未能向妈妈尽到孝道，便永远失去了尽孝的机会。

从十几岁起，我就过着只有漫画的生活。

埋头工作顾不上结婚，当然也没有孩子。

这倒也就算了，但一想到从今以后都要住在这空荡荡的屋子里，我心中的郁闷便无从发泄。

不知道作为漫画家的自己今后究竟该何去何从。不过我已经挣到足够的金钱，只要不浪费，老来该是衣食无忧的。

然而，生活中只剩下钱的空虚是当初身无分文的我难以想象的。

我想要一个能和我共同分享生活的人。

曾经生活中也出现过让我产生这种想法的那个人。

然而，现在即使想找，也无从找起了。

对我来说，现在能称之为家人的，就只有在昏迷交流中心的浩市了。

好像有人打开了从工作室通往起居室的门，走了进来。

应该不是真希。因为我交代过她，不要进入我的私人空间。她是个很守规矩的女孩。

那么，又是谁呢？我抬眼望去。

推门进来的，是浩市。我筋疲力尽地瘫坐在沙发上，无言地看着浩市在对面的沙发坐下。

"你倒是一点也不吃惊啊。"

浩市开口道。

"为什么要吃惊？"

"我可不是从昏迷交流中心偷溜出来的哦。"

那么我能想到的就只有一个解释。

"真不爽。"

"别这么说嘛。"

浩市站起身来，走向起居室旁的厨房。

"有啤酒吗？"

"冰箱里有。下面那层。"

我利落地回应。厨房那边传来寻找玻璃杯的乒乒乓乓声和往杯子里放冰块的声音。

过了一会,浩市一手啤酒罐,一手拿着一杯盛满冰块的杯子坐回沙发。

他把杯子放在桌子上,倒入啤酒。

"啤酒里面居然还要加冰……"

"听说在外公家乡的小岛,大家都是这样加了冰块再喝的。因为天气太热了,如果不加冰块的话,啤酒马上就温吞吞的不好喝了。"

浩市就着玻璃杯啜了口加冰的啤酒。

"浩市。"

"怎么?"

"你为什么要跳楼自杀?"

"你是要问我自杀的动机?还是想知道我为什么选择跳楼这个方式?"

"我是在问你自杀的动机。"

"我自杀就想要知道此刻是否是真的……这个理由你觉得怎么样?"

浩市漫不经心地说道。他把放有冰块啤酒的玻璃杯放回桌上,伸手在上衣的内侧簌簌地摸出一样东西。

"你知道这是什么吧?"

他拿出来的是一把枪。

"这是奥其斯牌的德国产旧式自动手枪。"

浩市取出弹匣，确认好里面有子弹，又把它复归原位。

"姐姐。"

握枪的右手轻轻地放在膝盖上，浩市向我这边看过来。

"你读过《香蕉鱼》吗？"

"你说的是吉田秋生的那本吗？"

我脑中的第一反应就是那本少女漫画名作。

"不是噢。"

浩市苦笑道。

"塞林格①的那部。准确的标题应该是'A Perfect Day for Bananafish'。"

浩市嘴边泛起微笑说道，他的上身摇摇晃晃地不住颤抖。

"那本书大致讲了这么一件事……故事发生在避暑胜地的海边，一个名叫西摩·格拉斯的退伍军人遇见了小女孩西比尔。两人就一种名叫'香蕉鱼'的虚构的鱼聊得不亦乐乎。香蕉鱼会没头没脑地游进装满香蕉的海底洞穴，在里面胡吃海喝。但吃胖了的香蕉鱼，就再也不能从洞口出去了。这都是西摩随口瞎编的故事。但是，西比尔却对西摩说，'我刚刚就看到过一条香蕉鱼噢！就在这附近呢！'"

他一边说着，一边把自动手枪的枪栓拉到底，然后松手。

我突然有种不祥的预感。

---

① 杰罗姆·大卫·塞林格（Jerome David Salinger，1919—2010），美国作家，1919年1月1日生于纽约。代表作《麦田里的守望者》《九故事》。《香蕉鱼》（又译：逮香蕉鱼的最佳日子）为《九故事》的第一篇。

"西比尔说的话，恐怕只是她故作世故的孩子气。普通人一般都会一笑而过，但西摩却愕然失色地喃喃自语道，"浩市目不转睛地盯着我，好似表演般地说道，"'不会吧?'"

我不知此刻该用什么表情才好，勉强挤出了一个僵硬的微笑回应他。

"后来，西摩回到了旅馆的房间里，用手枪打爆了自己的脑袋自杀了。他用的，就是和这把一样的奥其斯自动手枪。"

他好像开玩笑般地举手，把枪口抵在自己的太阳穴上。

"他自杀的场面出现地十分突兀，大家对此都有各自不同的看法，而我是这么理解的。西摩他是想做一个尝试，看看当下是不是真实的，仅此而已……你说呢，姐姐?"

"什么?"

"我们是从什么时候开始成为姐弟的?"

我被他问得一头雾水，回答道。

"……从很久以前。生下来以后就是了啊。"

"是吗?……真是这样的吗?"

浩市扣下了扳机。

啪的一声干涩的枪声响起，浩市的脑浆与血从被枪口抵住的太阳穴的另一侧喷射而出，洒落在绿色的沙发上。

他失去力量的身体从沙发背上滑落，手中的枪也随之掉落在地上。

和西摩·格拉斯一样，他用的也是德国产的奥其斯自动手枪。

我坐在浩市对面的沙发上，双肘支撑在膝上，两只手捂住自己的脸，陷入了沉思。

我究竟是从什么时候开始用 SC 交感器和浩市做精神交流的呢？

长眠在西湘昏迷交流中心的浩市是不可能会来我家的。因此，此刻我们是通过交感器在交流，这一定是我们意识中的场景。

我放下覆在脸上的双手，抬头望向对面的沙发。

浩市的尸体还在原地，他好像一个喝得烂醉的酒鬼，身体的一半仍挂在沙发上。

绿色合成皮革沙发上的血开始干涸，形成一个个的赤色斑点。

桌上啤酒里的冰块开始融化，发出喀喀地声音。

浩市好几次都是用这样自杀的方式，单方面地拒绝外部而来的精神交流。

他采取的手段多种多样，有像上次那样从阳台突然跳下坠楼的，也有如今天这般举枪自杀的。除此之外，他还用过更加极端的方式。虽然我明白这一切并不是现实，但他的行为却给我的精神带来了极大的伤害。

负责我和浩市的疗程的榎户是一名神经工程学技师，他说浩市有着强烈的自杀倾向，即便将来有一天他恢复了意识，也有可能再次自杀。

我从沙发上站起身来。

浩市的头上满是鲜血，这一切还是这么逼真，极具视觉冲击力。

我决定先打扫桌子。一手拿起所剩无几的啤酒罐,一手拿起挂着滴滴水珠的玻璃杯转身进了厨房。

洗杯子的时候才发现自己早已泪如雨下,双颊一片湿意。

一旦注意到了自己在哭,眼泪便更加一发不可收拾地潺潺而落。

我手里捏着满是泡沫的海绵,洗着玻璃杯哇哇大哭起来。

我不知道自己到底为何而哭。

就在那时,房间里响起了内线电话的铃声。

我从沙发上惊跳而起。

一手抓起挂在起居室墙壁上的内线电话,放在耳边。

"啊,老师,不好意思。您刚才在是在休息吗?"

听筒的另一头传来真希恭顺的声音。

"我没在休息。就是打了个盹儿。你原稿画完了?"

"嗯,画完了。基本上是画完了。"

"你稍等一下。我马上就下来。"

我把听筒挂回墙壁上,扫视了一遍起居室。看来,我好像是从工作室上来起居室后坐在沙发上,一不小心就睡着了。

我还真犯迷糊了。

这样的事很少发生在我身上。

年轻的时候,工作通宵一两个晚上可是完全没有问题的。果然还是上了年纪呀。不过刚才的梦实在太真实了,让人觉得有点后怕。

这让人完全失去了对现实与梦境的判断。

我突然想起"庄周梦蝶"的故事。

那是一个中国的典故，讲的是一个名叫庄周的人梦见自己变成了一只蝴蝶，不过那也有可能是一只蝴蝶梦见自己成为了庄周的故事。

以前，我和杉山先生聊到用 SC 交感器进行精神交流的时候，他就曾说过这么一句感想：这简直就像是《庄周梦蝶》的故事。

话说回来，杉山先生还曾担心过机械性的昏迷交流会不会给我的精神卫生带来恶劣的影响呢。

自从我和浩市用 SC 交感器进行精神交流后，我便常做噩梦，或者说做梦时的主观意识会产生变化。

那些非现实的愉快梦境越来越少。最近的梦境总是充满了矛盾，只有感觉异常真实。

而那些梦往往都是噩梦。

我走进厨房，想喝杯水。

厨房地上掉落着满是泡沫的海绵。

水池里放着空的啤酒罐子和刚洗完的玻璃杯。

下水口上有一块正在融化的冰块——

"您感觉如何？和淳美小姐。"

耳边突然响起声音。

"请慢慢地深呼吸，直到您的情绪稳定下来为止。"

声音是从戴在头上的耳机似的东西里传来的。

这是谁的声音来着？我意识蒙眬地思索着。

啊，对了。他是技师……榎户先生……

我仰卧在床上，头部被护颈器固定。视野被眼罩所覆盖所阻隔，什么也看不见。

虽然脑袋还是晕忽忽的，但现状显而易见。我正在昏迷交流中心的精神交流室里，用 SC 交感器进行精神交流。

"很抱歉。浩市先生采取自杀的手段单方面终止交流时，我原本马上就想结束疗程的，但您的状态似乎有点亢奋，所以就等您心绪平稳下来以后……"

此后，榎户也说了很多有的没的，但我的脑海一片模糊，什么都没听进耳里。

我感觉到护士们取下我头上的扫描针，鼻尖满是浸满消毒药水的脱脂棉花的味道。

"SC 交感器里的'SC'是 Stimoceiver 的缩写。"

榎户坐在造型朴素简约的桌子的另一头说道。

这间好似收费会议室那般的狭长房间，是昏迷交流中心的会诊室。

室内铺设了灰色的油毡地板，房间里钢管制成的椅子舒适度差强人意。

好在大片窗户外一望无际的西湘海景与极佳的采光还是赏心悦目的。

许是午后太阳西下，日落前那最后一抹余晖洒落在海上反射出点点波光粼粼。

"Stimoceiver 是美国耶鲁大学生理学教授荷塞·戴尔嘎多在二十世纪六十年代开发的世界上最早的植入大脑芯片的名字。也可以说是机械大脑交感器的先驱了。"

榎户从刚才开始在向我介绍 SC 交感器。

这是我拜托他的。

开车的人没必要知道车子的内部构造,看电视的人也没必要知道电视的运作原理。

我之前觉得精神交流也是如此,但心里总有块石头似的放不下来。

"戴尔嘎多教授的实验是具有划时代意义的。他在动物实验中只凭一个遥控器便控制了斗牛的行为动作。在癫痫患者的实验中,他成功地用植入芯片刺激病患大脑引发了各种情感变化。然而,该发明在当时被误解是用于洗脑和思想统治的,在美国社会激起了广泛的舆论谴责。不久后,戴尔嘎多教授被美国医学界驱逐,返回了祖国西班牙,而大脑植入芯片这个事物的存在本身也被认定为是禁忌。"

榎户一边看着带来的笔记本电脑显示屏,一边操作着手中的鼠标。

"不过近两年来,大脑植入芯片在脑麻痹、帕金森病等病症改善治疗中成果显著,再度获得了认可。"

如同竹筒里倒豆子似的,榎户像个机器人一样把记忆中的台词慢条斯理地娓娓道来。恐怕这是参加疗程的人们大都会提出的问题,所以他才会如此驾轻就熟。

他嘴里介绍着 SC 交感器,眼睛浏览着其他的信息,脑中还思考着别的问题,全然不去掩饰自己正一心三用的事实。

榎户所用的笔记本终端连接着桌上伸出的电缆。刚才榎户提到过,这根电缆连接着位于这栋大楼地下,驱动巨大 SC 交感器的 HPC 服务器。

特意用有线连接是出于安全的考量，是为了让 SC 交感器独立存在——即让它处于与外界毫无接触的独立环境中。

榎户说过：因为这个系统直接干涉人的精神，所以绝不能出现故障，不仅不能将工作用的笔记本带离中心，所有的工作人员都被严令禁止携带任何便携式储存卡等记忆装置出入大楼。

"现在，包括我们中心在内的世界各国的昏迷交流中心所使用的 SC 交感器，在思想上、原理上和技术层面上都与戴尔嘎多教授开发的植入芯片截然不同。但由于在机械性昏迷交流技术发展的黎明期，研究人员利用了教授的植入芯片进行实验研发，所以这个名字也就一直沿用至今。"

榎户的说明仍在继续。不过说实话，他说的很多名词是我全然没有概念的东西，我听得有点云里雾里，一知半解的。

正当我听得快要大脑一片空白的时候，房间里响起了敲门的声音。

进来的是一个女人。

她大约快四十岁的样子，身形颀长，五官端正，但却一点都没有女人味。

看她脖子上挂着工作证，应该也是中心的相关工作人员吧。不过她并没有穿榎户和护士们那样的白大褂，而是一身休闲的打扮。印着我熟悉的国外硬摇滚乐队标志的 T 恤搭配牛仔裤，脚下则踩着便鞋。全身没有任何配饰。

"你们还没说完吗？"

她向我笑了笑，望向榎户问道。

见榎户没有回应，她便走到桌子另一边的空椅坐下。

"您是和淳美小姐吧。"

"是的。"

我点了点头。

"我是相原。"

她把名片放在桌上，推到我的面前。

她就准备了这一张名片吗？在我看来，她递出名片的手势简直就像变扑克魔术那样出其不意。

名片上有着显示是中心工作人员的标志，她的名字以及职务——精神科专家。

我抬头看向她的脸。她面带微笑向我轻轻点头示意。

"今天疗程后的跟进会议才聊到一半吧。不用管我，你们请继续！"

榎户一脸困扰，视线反复游离在我和她之间。

"也不全然是，与其说我们刚才在沟通今天的疗程，还不如说我在向和小姐介绍SC交感器。"

榎户语毕，看向我。

"您还想听下去吗？"

我轻轻地摇了摇头。榎户应该也发现我听到一半时就已经心不在焉了吧。

"相原医生是中心为因某种原因导致意识障碍的患者进行心理辅导的专家。"

榎户的表达有点暧昧不明。所谓某种原因，按浩市的情况来说就是自杀未遂吧。

"心理辅导的话,也就是说……"

"正如您所料。是通过 SC 交感器与浩市先生建立精神交流,在此基础上进行心理辅导。"

我点点头,除此之外也别无他法了。

"话虽如此,由于浩市先生现在本身也是处于刚刚能够进行精神交流的阶段,目前还未取得深入的交流。"

说着,相原朝我笑了笑。我以前也曾听说过,如果不是患者的亲人、密友或熟人的话,是很难用 SC 交感器建立精神交流的。

精神交流本身有分不同的层次,有像我和浩市这样,简直就像在现实中见面的情况,也有更加深层的,跨越人格的界限与交流对象灵魂合而为一般地相互理解,更有仿佛徐徐沉入黑暗的海沟,到达彼此过往的记忆、内心深处的深渊,带来类似宗教性恍惚感的交流。

相反地,也会出现最终无法达成精神交流的情况,或者即使成立了也只能感受到彼此单纯的怒哀乐浅层感情的案例。

据说交流的最终结果一般都是取决于交流双方的契合程度,以及接受交流那一方个体的情感状况。

"所以几天前我取得许可,通过 SC 交感器查阅了和淳美小姐与和浩市先生的交流记录。"

关于与治疗相关的第三方读取浩市精神交流记录的事项,我之前就已经做过授权。

就算没有我的授权,负责疗程的精神工程学技师——浩市的责任技师榎户——对交流的内容也应当是知根知底的。

而且我和浩市的关系，没有什么被别人知道会觉得不妥的事。

"我想通过心理辅导，寻找和浩市先生自杀的原因。"

相原说道。

"不知是否能请您一并协助呢？"

我不置可否地点了点头。

"那么，和淳美小姐。您身为浩市先生的姐姐，我有几个问题想向您请教。"

"啊，嗯。"

相原身体略微前倾，说话时目不转睛地直视着我，我伏下视线看向自己交叠在桌上的手。

这个情况让我很不舒服。我不知道这种感觉是从何而来，但却有种被审问的感觉。

"在浩市先生与您的交流中，有一幕场景经常出现，对吧？"

她这么说，我也不知道她指的是什么。

"大海的……那该说是水塘吗？有一根竹竿插立在水塘里，上面还挂着红布……"

"嗯。"

"那是什么？"

"那是……"

脑中浮想起那片风景，我回答道：

"竹竿表示那里是危险地带，不要靠近。"

相原的右眼角饶有兴致地动了动。

"那是怎么一回事呢?"

"我母亲的老家是在奄美诸岛那儿的小岛,小时候和家人一起去那儿旅行过……"

相原听着我的叙述,时不时给我一些回应。

"好像是叫鱼毒捕鱼吧。有一种在大海退潮以后,往潮水的水塘里倒入鱼毒捉鱼的方法。过去,岛民们用的是一种名叫姬椿的树,他们把树皮刮下捣碎了取它的汁液做鱼毒。我和浩市上岛的时候,已经改用氰化钾了。"

"嗯,然后呢?"

"使用鱼毒当然会对人体有害,所以一般都会稀释几十倍以后才使用。不过由于氰化钾是剧毒,因此还是会在用过鱼毒的地方插上竹竿,以做警示。"

"所以才会有挂着红布的竹竿呀。"

我点了点头。顺便瞄了一眼榎户,他百无聊赖地看着笔记本电脑的屏幕。

"这样说来,浩市以前在那个石滩上溺水过……"

相原双目一瞬不瞬地盯着我。

"那件事好像和现在没什么关系。"

"不会不会,还是有关系的。请您继续说下去吧。"

在相原的催促下,我再三回忆,决定要把在那座小岛发生的事回想起来。

"涨潮时,海水涌入石滩,竹竿也随之倒下顺势飘走。我和浩市两个人在石滩玩耍。浩市看到在水波间载浮载沉的竹竿,就想去抓住它一路冲着海边追去。那也就是两三分钟的功夫，大人们都全心全意地沉浸在钓鱼的乐趣里，谁也没有注意到。"

"然后呢？"

"我想浩市是想要那个挂着红布的竹竿才会伸手的。因为那里是天然的石滩，所以就有好像悬崖一样突然变深的峭壁。突然一波大浪袭来，浩市脚下打滑，眼看就要掉进海里被海浪卷走。我就像这样，伸出手……"

我凝视自己的双手。

上次想起这个回忆是很久以前的事了。

那天海水温润的触感。

午后艳阳的光芒。

潮水的清新香气。

澄清透蓝的大海。

"……握住弟弟的手。但是，水流实在太强劲，连我也差点快要一起被卷走。最早发现变故来救我们的是母亲。大浪滔天不停地向我们席卷而来，在闻讯赶来救援的大人们到达之前，我和浩市紧紧地握住彼此的手，大声哭喊。"

"请问那是两位大约几岁时候的事呢？"

"我那时是小学两三年级，所以浩市应该是刚进小学的时候。"

"也就是说，那是三十年前的事了呢。"

"被大人救上来以后，我不经意地看向大海，被海浪冲走的红布跃入我的眼帘。由于那件事发生在南方小岛，湛蓝大海上映衬着一抹红色的那一幕，简直就像是梦中的场景，事到如今仍然历历在目。"

那时紧握在手中弟弟小手的触感,至今都切实地留在我的掌心。小孩子的、柔软的小手。短短的手指。大拇指指跟丰腴的形状。反握我手的、小孩子的羸弱无力。

"那件事,就到此结束了吗?"

闻言我抬起头。与此同时,我掌心中浩市儿时小手的触感也一并烟消云散了。

"您的意思是?"

"没什么,我就是觉得这个故事好像还有什么下文的样子……"

相原微微侧头微笑。

我试着回想一下,对我而言,那个故事就是这么结束的。对于我们被救上来后发生了什么事,我毫无印象。

"从那以后,您还去过那个岛吗?"

"没有,一次都没有。"

"为什么呢?有什么理由吗?"

"没什么特别的理由……那里也不是什么想去就马上就能到的地方,况且也没什么机会。"

此外,我的父母在那次旅行之后不久就离婚了,之后我就和母亲相依为命,再也没有了一家人一起出去旅行的机会了。

我闭上双眼,眼前浮现出猫家的风景。

用白色石膏加固的,红砖瓦葺的主屋屋顶。

晴彦叔叔为三个女儿搭起的新型平房。

那些房子后面种着防风林,仓库边还有一棵巨大的榕树。

想到这儿,我记起那天晴彦叔叔带我们出去玩之前,我和浩市一起用捕虫网捉虫子时,曾经追着一只翅膀上有着碧蓝花纹的蝴蝶跑到榕树边,还撞见了独自伫立在树下的曾外婆,那时她的眼睛就已经不好使了。

曾外婆当时应该已是超过九十岁高龄了。这位生下晴彦叔叔和我外婆的老人,正面朝着空无一人的榕树根窃窃私语。

我深感好奇,便开口叫她。

就连这些凌乱的记忆,我都向相原一一道来,虽然我自己都觉得这些事与浩市现在的病情、与他当初自杀的原因,一点关系也没有。

"曾外婆说,她在榕树下看到了魂精。"

也许是相原善于引导的关系,我想起了时隔几十年前的往事。

"魂精是什么?"

相原一脸诧异地问道。

默默对着笔记本电脑做着记录的榎户也停下手,露出同样的表情看向我。

"那是岛上的土话……"

我一时想不起恰当的表达,陷入了深深的思考。

"那是指活人的灵魂。只不过也包括飞出、脱离身体的灵魂,还有……"

"还有?"

"还包括回不到自己的身体、徘徊在世间的灵魂。"

听了我的解释,榎户与相原面面相觑。

4

"您想和浩市精神交流?"

我吃惊地反问道。端坐在柚木对面的仲野泰子女士悠悠地点了点头。

这里是井头公园附近的咖啡店,我们相约在此见面。

前天她给我打了个电话。

几天前,我给那张明信片上的地址回了一封信,上面还提到希望能再度接到她的电话。自那以后过了一周都杳无音讯,直到前天晚上我工作时接到了她的来电。

最先接到电话的是真希,一听是她,我赶忙抓起电话的无线分机,对着听筒一个劲儿地表达自己对先前失礼之处的歉意。我那迫切的言辞,反倒让泰子女士吓了一跳。

"我儿子由多加不久前也进了西湘昏迷交流中心。"

泰子女士无所适从地用吸管搅拌着杯中的姜麦酒。

她略低着头,我仔细观察她的脸庞。时隔多年,眼前的她与停留在我印象中的那个人有着很大的变化。

我并不是说外表、发型等表面的改变，而是整体给人的感觉产生了本质性的变化。而且不可思议的是，她给我一种似曾相识的亲切感。

泰子女士对我似乎也有同感，虽然以前只见过一次面，但我们双方在交流时都不怎么紧张局促。这种感觉非常微妙。

"由多佳君也住院了？"

"嗯。"

由多加君是仲野泰子女士的儿子，也就是以前自杀未遂的、喜欢我漫画的男孩。

在泰子女士开口提到他的名字前，我竟完全想不起他的名字。

我真是个忘恩负义的人，那个孩子曾经那么热心地不断给我寄信，在信中分享他的漫画读后感，有时还会附上他临摹的角色插画。

据说由多加君跳楼自杀时，脑部受到重击陷入重症昏迷后，虽然几经周折好不容易捡回一条小命，但和浩市一样陷入了迁延性意识障碍，成为了植物人。泰子女士说，每当有刊登我漫画的杂志上市时，她都会去买来把它放在昏睡中的由多加君的枕边。

这时我真想能有个地洞让我钻进去。

不过，这是我第一次听说由多加君和浩市一样，住进了西湘昏迷交流中心。

泰子女士说她也是最近才得知这个消息的。

虽然由多加君早在一年前就陷入了昏睡状态存续生命,但泰子女士是在两三个月前顺路拜会照顾儿子的医生、技师和护士们时,偶然从护士们口中听说,我,少女漫画家和淳美的弟弟也在西湘昏迷交流中心。

我的直觉告诉我,一定是上次来昏迷交流中心时,在去精神交流室的路上,给我领路、跟我搭话的那位年轻小护士说漏了嘴。

"不过,即便如此,为什么您会想要和浩市精神交流呢?"

我百思不得其解,不明白泰子女士为什么要这么做。

"您认识浩市?"

"嗯,应该认识。"

泰子女士脸上露出暧昧不明的笑容。

"应该认识,这是什么意思?"

"请您不要误会。"

她先安抚了我一下,才进入正题。

"我觉得我在和由多加……也就是我儿子精神交流的时候,见过好几次浩市君。"

"诶?但,那……"

我不明白她在说什么,不由得提高了音量。

"一开始我也觉得很奇怪。"

不容我插嘴,泰子女士径直说了下去。

"不过,鉴于由多加非常喜欢淳美老师您的漫画。因此我一直认为在他意识中出现的和浩市这一人物,是他自己创造出来的没有内在人格的人……好像是叫做哲学丧尸吧。我一直认为那是由于他想与淳美老师身边的人亲近，所以才虚构出来的人……"

所谓哲学丧尸，原本好像是哲学用语。在机械昏迷交流领域中，是指表面上和人类并无差别，看起来像是拥有感情，然而没有内在意识的存在。

简单说来，那是指在通过 SC 交感器进行的精神交流中，除了当事人、监视精神交流的医生和技师等现实存在的，拥有人格的人以外的，在意识中登场的人。他们在精神交流中是很难分辨的。虽然这不是什么"庄周梦蝶"的故事，但在精神交流中，人并不一定会按原本的样貌出现，就连以一只渺小的虫子形象出现也并非不可能。

所以，即便在和浩市精神交流中，出现一位和浩市一模一样的人，你也很难客观地判断那是浩市本人，还是有着浩市外表的他人，又或者是有着浩市外表却没有内在的哲学丧尸，而真相只有浩市本人才知道。

"所以当我得知，由多加所住的昏迷交流中心里，竟然真的有一名叫做和浩市的患者时，我着实大吃一惊。浩市和由多加一样，在入院的时候就已经陷入迁延性意识障碍的状态了。即便是把他们的床并排让他们睡在一起，他们也不可能彼此见面。然而……"

"然而？"

"以防万一，我还特地确认了一下，在昏迷交流中心里两位病人之间的精神交流是绝无前例的。"

"那么，这究竟是……"

"我也不懂。所以才会想到要和浩市君精神交流,以确认实情。"

我不知道该说些什么回应她,将视线落在桌上盛着咖啡的杯子上。这咖啡我一口都还没喝,就已经凉透了。

"我还做了下调查。"

"调查什么?"

"调查 SC 交感器,以及与其相关的机械昏迷交流,也就是精神交流的讯息。研究途径有很多种,我查找了一些海外的文献,也试着从网络了解了一下……淳美老师,您知道 Possession 这种现象吗?"

"Posse……什么?"

"Possession。翻译过来的话……嗯,怎么说呢,应该就是附身的意思吧。"

"你说附身的话,是指这个?"

我把双手重重地垂在胸前,试着向她摆出鬼魂的姿势。

"嗯,差不多就是这个意思吧。虽然我也不是很清楚这样表达算不算贴切。"

看到我搞怪的姿态,泰子女士嘴角泛起淡淡的微笑。

"好像国内目前虽还没有发生过,但据说在国外的昏迷交流中心或诸如此类的机构,有昏睡状态的患者在睡梦中对中心及其员工申诉、控告他们侵犯隐私。"

这样的事我还是初次听闻。

"这是怎么一回事呢?"

"据说患者控诉,总感觉有人在窥视自己,还有素未谋面的人总是不顾自己的意愿进入自己的意识里等等。"

"那就是 Possession 吗？"

"是的。但研究这个现象的专家们似乎认为那是精神症状的一种。他们认为那是由于患者常年在昏睡状态下进行精神交流，因而造成了他们对现实与非现实的分辨力低下，进而引发了诸如此类的现象。"

这样的解释好像也不无道理。患者们一直睡在病床上，所有经验性的事都是依赖 SC 交感器进行精神交流获得的。如此一来，随着时间的推移，他们也许连自己是个昏睡不起的病人的事实都会忘记。

"但我认为，由多加的情况并不是这样。"

稍微停顿了一下，她再次直勾勾地望着我说。

"您的意思是，由多加君并没有出现精神问题，而是他和浩市之间实际上，嗯——Possession 了？"

泰子女士微微地点了点头。我抱起双腕，将身体靠向咖啡店的椅子，叹了口气。

这完全已经是超自然领域的话题了。

"您刚才说的事，和昏迷交流中心的医生和工作人员说过吗？"

"当然说过。但他们完全不当一回事⋯⋯一口咬定说那是天方夜谭，绝不可能发生的。"

"这样啊。"

我心底松了一口气。虽然对泰子女士感到很抱歉，但我认为在没有 SC 交感器等机械的协助下，任何人的意识都不可能随意地交错。

泰子女士一定是期望自己已逝儿子的意识仍旧存在于某个地方，所以才会傻乎乎地去相信"附身"这种荒诞的说法。

一想到这里，我便觉得她十分可怜。

虽然和浩市的精神交流或许只会让她失望，但如果能就此一解她心头的愁绪也不失为是一件好事。

浩市的亲人只有我，如果我答应的话，这个尝试应该就能进行吧。

只不过他们两人之间的精神交流本身是否能成立，还得取决于浩市和泰子女士的契合程度，以及浩市自身是否愿意接受来自泰子女士的精神交流了。

"你知道吗？国外人权团体和宗教关系者们对使用SC交感器的机械昏迷交流发起了反对运动。"

这个的消息也是初次听闻。我摇了摇头。

"这里面也许有Possession的缘故，据说使用SC交感器与昏睡患者进行精神交流，也会对参与者造成严重的精神伤害。"

她仔细端详着我，仿佛在斟酌我的脸色表情。

"怎么会……"

"昏迷交流中心的人说，反对使用SC交感器进行机械昏迷交流的人是毫无科学根据的，那只为了煽动媒体而胡乱编造的说法。本来SC交感器的前身——植入大脑芯片在过去就很不受待见，直到最近才解禁，人们对它有着很深的误解等等。"

说完泰子女士咬上吸管。我失神地望着金黄色的液体慢慢地进入她的口中消失。

"拜托您了。"

在杯中只剩下冰块的时候,泰子女士严肃地直视我,隔着桌子向我深深地低下了头。

"请让我和浩市君进行精神交流吧。"

告别泰子女士,走出咖啡店,我打开之前锁上的自行车,朝着自家兼工作室出发,进入了井头公园。

比起顺着大道绕路走,穿过公园才是近路。

坦白说,我的心情很沉重,胸口一阵郁闷。

我对泰子女士说,让我考虑一下再给她答复。但看她的样子,就算我一时回绝了,她也一定会再三拜托的吧。

不管怎么说,姑且得向浩市本人征询一下他是否有意愿接受与泰子女士的精神交流。我不认为这世上存在泰子女士说的那些Possession,所以就算和浩市提到她,估计他的反应也是一头雾水吧。

我不想直接回家,为了调整心情,我决定在井头公园散会儿步再回去。应该快到真希来上班的时间了,不过我已经把工作室的钥匙交给她了,也就没什么好担心的了。

有人在露天舞台的旁边练习萨克斯风,那音色实在是"惨无人道",十分嘈杂,断了我想在公园椅子上坐一会儿的念头。

挂着东京市长认证招牌的街头艺人,吸引了很多小孩儿和带着孩子出行的母子们,他拿出了一张和榻榻米一般大的巨大纸板。

画风拙劣的纸板上开了一个大洞,还以为那是要干什么的呢，就看见那个上了年纪的艺人把自己的脸伸进去，演起剧中的出场人物来了。

我停下步伐，视线穿过眼前抱膝坐着的孩子们、绕过坐在爸爸肩头的孩子们，看起那滑稽的表演来，偶尔也和孩子们在一起没事偷着乐一下。

如此，心情就稍微轻松了一点。

挑了一张面对池水的椅子，停下自行车，望向浮在水面的天鹅船，在水上畅游的水鸟们，我坐下身来。

从口袋里取出卡斯特烟盒，叼起一根点上，不慌不忙地抽完。

我曾经有段时间是不输杉山先生的老烟枪，最近才慢慢减到每天只抽几根。不过这几根是怎么也戒不掉了。

用尼古丁平复了心情，我从包里拿出包着书皮的文库本打开。

塞林格的《九故事》——收录了"香蕉鱼"的短篇集。

年轻的时候，凡是杉山先生推荐的，我都会一股脑儿地看完，因此也读了不少书，最近却是一点都没碰。这应该是我第一次读塞林格吧。

这本书是我在和泰子女士见面的路上，看时间还充裕，去吉祥寺车站附近的书店买的。

翻开封面，读了勒口上的作者简介，我才知道塞林格原来很早就告别了这个世界。

他老死在由高达两米的遮挡围墙所包围的新罕布什尔州的自己家中。

我翻开书。

塞林格生活的现实,对他而言,能说是真正的现实吗?

我不由得冒出这样的想法。

不过,如果那不是现实,那么他现在身处何处呢?

5

柔和的阳光穿过工作室的玻璃壁墙，落在室内。

为了修改和重画将会收录在单行本里的原稿，我重新握起了久违的画笔。

因为这稿子并不赶时间，所以下笔也就十分自在从容。

真希在远处的座位上认真地修改我先前指定的画稿，主要是一些背景图和特殊效果。

我在井头公园看书消磨时间一直到午后，尽管一回来就进入工作状态了，但最重要的单行本补充稿连分镜稿都还没做出来。

即使没有特别约定最终截稿日，也不能就这么无止境地拖下去。单行本的最终卷再怎么说也是要在年底前出版的啊。

正在描摹新替换上的分镜格中的人物轮廓时，耳边传来真希轻哼的歌声。这曲子有点耳熟，好像是某部动画片的主题曲。

"遇到什么好事了吗?"

很少看到真希在工作时这么愉悦地哼歌,一定是发生了什么特别的好事!

真希看向我,嘴边扬起别有深意的微笑。

"老师,我和你说哦……"

她一副你总算问我了的样子开口说道。

"上次给您看的分镜稿,在这次的会议上通过了!"

"诶?真的吗?"

大约是一个星期前吧,真希带来了她的短篇分镜稿,我看了以后给她提了很多建议。

那部作品非常优秀。

不过却有个致命的弱点,由于实在太优秀了,就新人投稿用的分镜稿而言,页数有点过多,而且几乎没有什么可以删减的余地。我当时觉得,虽然内容确实不错,但这样的稿子在编辑会议上恐怕很难通过吧。

"他们说页数太多了没有办法刊登在主刊上,所以先分上下篇登在增刊上,依据读者的反应考虑是否连载。"

"时来运转呀!"

如果提到这么具体的安排,那么她的稿子应该不只是获得了责任编辑的肯定,而且是在编辑会议上正式通过了吧。

在每年发行四次的增刊上,分上下篇刊登新人长达数十页的原稿,绝对是凤毛麟角。这也说明了编辑部对真希此次的作品寄予了厚望。

"老师您当年出道的时候,也是一开始在增刊发表长篇作品，然后顺势获得连载的吧。"

我点了点头。和我当年同一个模式呢。

那时，我在原稿上耗费了很多心力，导致整个稿子超出常规的页数根本无望发表。是杉山先生肯定了我，对我说这个稿子根本无需修改。

杉山先生在编辑会议上强势力荐，和当年的编辑部主任争论到面红耳赤，两个人差点还为此打了起来。为了能让那部作品问世，杉山先生赌上了自己的职业生涯。好在作品刚一面世便一鸣惊人，受到了广大读者的喜爱，也成就了我最初的连载。

我压低声音说道。

"老想着要把杀手锏藏着留在主刊上连载用的话，就会错失良机哦。"

"承蒙您的指教。"

真希一脸认真地深深点头。

"还有……"

我继续说道。

"真希要是成为超级畅销作家了，就该是我来做你的首席助手哦。你看，我都日薄西山了。"

"诶诶——"

真希特意夸张地显出一副惊讶的样子说道。

"但老师您都不会画白色集中线和点描，可不适合当助手哦。"

"哎呀！"

"您饶了我吧！"

我们两人开怀大笑。真希很少像现在这样和我贫嘴。我很兴奋，仿佛是自己获得了连载那般激动不已。

"对了！"

突然想起一件事，我高声说道。

"我们把我连载结束的答谢会和你新作刊登的庆祝会合在一起办吧！"

"诶？"

"就在家办派对吧。"

这个想法真是神来之笔。

我从没在家里办过派对，也没参加过别人的。

这种想法过去从未曾有过，怎么看也不像是我这种人会做的事。

不过，此刻我却觉得这是个绝好的主意。

空荡荡的二楼客厅平时总是少有人气。现在想来，当初我要打造自己的小屋时，曾经在脑中描绘过这么一幕——在客厅里摆上美食佳酿，与亲朋好友们齐聚一堂，办个热闹的派对——这才是我心目中理想的家。

一想到这儿，我便再也坐不住了，决定把这个主意告诉泽野。连载结束答谢会的主办人原定是泽野，只要找个大家都方便的日子联系他就好。

我找不到电话的无线分机，便走出半地下的工作室，踏上通往二楼自家起居室的楼梯。一推开大门，便听到声声作响的来电铃声。

若在平日，我会让楼下工作室的真希替我接电话。但那一刻我心中涌起一股莫名的骚动，拿起放在桌边上的分机，按下了通话键。

会是谁呢？要是泽野的话，那他也太会挑时间了。

"喂？"

然而，电话的另一头什么反应都没有。

"喂？"

我又喊了一声，耳边传来的只有类似海浪拍打起伏的噪音。

脑中一阵晕眩，我立刻蹲下身来。

听筒另一头传来的声音，波涛依旧。

尽管对方沉默不言，可经由话筒传来的气息，却浓重得几乎令我跌坐在地上。

"……浩市？"

我对着听筒确认道。会有这样的想法，也许是因为听了泰子女士关于"附身"的说法。

将掌心覆在眼睑上，聆听着舒缓却强弱有序的噪音。直到这声音听着越来越像真正的波涛声。

不对，这不是什么电话线路的杂音，从一开始就是涛声吧。这个无线座机连接着的难道不正是那个夏日吗？

那个夏日，浩市在珊瑚礁石滩上被潮水卷起，落入大海。

我回想起这么一个镜头——大片石滩的一角竖着一根竹竿，杆头上还系着一块红布。

远处是南部一望无际的碧蓝大海。

水平线、积雨云，还有午后的烈日。

小小的浩市戴着他心爱的红色棒球帽奔跑着。

满潮时海水涌入，渐渐积聚而起。

海涛吐着白沫冲进石滩，挂着红布的竹竿顺势倒下，之前用纤巧的触角吸附在岩石上的黑色海星也随之脱落，漂来荡去。

大人们并排坐在稍远些的入海口，悬着鱼线沉浸在垂钓之乐中。

浩市在怪石嶙峋的石滩上，追赶着快要被退潮的波浪冲走的竹竿，跌跌撞撞地蹒跚跑去。

那时我还年幼，身上穿着黄色带可爱喇叭裙的连身泳装，出神地望着浩市远去的身影。

啊，那是爸爸妈妈交代过不能去的地方！那里有断崖！

浩市仿佛找到了什么新的乐趣，开开心心地追逐着竹竿跑去。

我赶忙丢下手中的水桶和渔网，跑去想把浩市带回来。让浩市跑得那么远，到时候会被爸爸妈妈骂的……

"浩市回来！不要去那里！"

回过神来，才发现自己正向着听筒大声呼喊。

电话被挂断了，只听到"嘟——嘟——嘟——"机械的电子音。

前几天在昏迷交流中心，相原医生就浩市精神交流中频繁出现的情景——"挂着红布的竹竿"的意义询问了我的看法，当时的答案浮上了心头。

——竹竿表示，那里是危险地带，不要靠近。

我按下无线分机的按钮，挂断了电话。

随后坐在地上，长叹了一口气。

最近我的状态确实有点不太对劲。

这么多年来，我过着以画漫画为生的日子，对我而言画漫画便是生活的一切。

连载的终止仿佛令我经久未变的生活裂开一道细缝。它给我的精神带来的影响比想象中更加深刻。

除此以外，生活中还多了些工作以外的烦心事。比如，泰子女士的事，还有相原这个医生也让我很头疼。

老实说，我是个多一事不如少一事的人。

我从未想过要追究浩市自杀的原因。

那是浩市的问题，更何况他并没有死。虽然重伤导致了迁延性意识障碍，使他长眠不醒，但还是可以通过 SC 交感器进行交流。因此我始终觉得没有必要特地去挖掘窥探浩市内心的伤口。

我一直都没有正视这个问题。

但周围的人却都没有放过我。浩市在精神交流中，频繁地向我重现自杀的场景，那个名叫相原的精神科女医生，显然非常积极地想了解浩市自杀的原因。

医生们势必是想让浩市从昏睡状态中苏醒恢复，尽早回归社会。但他们的行为，简直就像是教唆我——"为了浩市着想，你要首先行动起来"，这让我心中很是郁闷。

一身的疲劳与不快，仿佛被人从深眠中强制唤醒。

重新振作精神，我拿起手中的无线电话拨通了泽野的手机。

没来由地，我突然很想听到泽野好不耐烦的温吞声音。

可是电话铃声响了很久，都没人接电话。

若是往常，就算是在开会，他也会马上接我电话的。

轻叹一口气，挂断了电话。一种莫名的空虚感趁势袭来，仿佛自己刚才打了一个永远都不会接通的电话。

我环顾了一下空无一人的起居室。脑中试着想象即将在这里举办的派对，那一定会很有意思！

目前居中摆放的沙发到时一定会很不方便，全部推到墙边吧。

只有一张桌子肯定不够，怎么办才好呢？必须好好想想解决方案。

要不去买张野营用的简易组合桌子备用？

还是从下面的工作室搬桌子上二楼比较好呢？

准备什么料理好呢？只叫外卖匹萨和寿司太单调了，若能有几道自己事先准备好的菜品就好了。

我并不擅长做菜，不知道真希手艺怎么样？

不过让她做是不是有点过意不去？

酒类的话，有别人送的洋酒和葡萄酒，到时就喝那个吧。

需要预先准备的有啤酒，还有……

到底该买多少呢？这得看参加聚会的人数再定吧。

脑中描绘出参加派对的人们，在客厅里欢聚一堂、其乐融融的场景。

他们中有真希，也有泽野。

还有杉山先生。

我从沙发上站起身来，走近杉山先生的身旁。

杉山先生身着烟灰色的西服。领带的品味还是一如既往地糟糕，一定是太太选的吧。

乌发间夹杂的年轻时不曾有过的白发已经清晰可辨。年过四十岁后蓄起的胡须，同样混杂着不少白色。

我心中暗叹：啊，杉山先生也上了年纪呢。

我也早已不是当年那个孩子了。

杉山先生手里拿着罐啤酒，正与一个我素未谋面的男人谈笑风生。

男人背对着我，戴着派对小物——银纸做的三角帽。他手中也有一罐啤酒，正开怀大笑。

我正犹豫是不是要上前招呼，反倒是杉山先生先发现了我。

"嗨，小淳美！"

杉山先生从不叫我"老师"，从我还是新人的时候，便一直这么叫我。

我正要开口回应他时，三角帽男人回头向我看来。

我顿时哑口无言。

"你弟弟已经出院了啊。什么时候的事？我一点都没听说噢。"

杉山先生笑着拍了拍三角帽男人的肩膀。

"浩市……"

戴着三角帽的浩市一脸苦笑。

"姐姐，这里危险，别过来！"

周围的场景突然消失殆尽，我茫然孤立于天地之间，脚踝边汹涌的潮水翻滚着白沫奔向大海。

磅礴的气势让我足下一个踉跄。挂着红布的竹竿在远处的浪间载浮载沉，浩市迈着虚浮的步伐跌跌撞撞地伸手追去。

啊，别去！

再往前去就是深海了。

小小的浩市一下子掉了下去，海水直没肩头。

爸爸妈妈会生气的。

一想到这里，怕惊动到大人们，幼小的我身着黄色连体泳装，一声不吭地向浩市走去。

我得去救浩市。

浩市。

浩市……

恰好在这个时候，我听到了搁置在桌上的无线电话分机接连响起的铃声。

我仓皇跳起，抓起分机，按下通话键。

电话的另一头传来了泽野熟悉的、好不耐烦的温吞声音。

"啊，老师。不好意思，您刚才给我打电话了？"

我用手指紧紧按住眼角，使劲摇了两三次头。

怎么又来了。

我最近真的有点不太对劲。

6

温暖的阳光洒进昏迷交流中心的会诊室,我与相原隔桌相峙。

"……昏迷交流兼具临床性与实践性,追本溯源,它是作为历程导向心理学的一个分支领域发展而来的。"

窗外是西湘的大海,不少五彩缤纷的帆板在浪涛中起伏摇荡。

"历程导向心理学是由一位名叫阿诺德·闵德尔的心理学家所提出的。最初源自于对'历程'——梦境和由此引发的有迹可循的身体体验、症状的相关研究。"

"那就是说……"

"简单说来,就是研究身体与梦境的相互作用所产生的变化影响。在人类的认知中,梦境、幻想、人际关系等肉眼看不见的存在属于非现实事物,而闵德尔把这些现象的根源称之为发梦。"

之前我和浩市约在上午的精神交流,以失败而告终。

这种情况并不经常发生,大概十次里会有一次,不过难免也会碰到。

据说为了使我和浩市的精神交流能够成功,今天技师榎户花了整整两个小时在 MM 控制台前努力地为我们调频,但终究还是无功而返。失败原因不得而知。

"这项研究无法只归类于心理疗法,因为它涉及到人的内心、下意识等课题,此外它还被应用在解决——譬如说人际关系上……小至化解夫妻、亲子之间的矛盾,大到缓解歧视和民族之间的纷争等等,我们将此类应用称之为'World Work'。另一方面,历程导向心理学应用于临床性心理疗法的潜在可能性——'Coma Work',即与昏睡状态的患者沟通交流的技术,也在进一步开发研究中。在机械昏迷交流的研究开始前,'Coma Work'指的是通过观察患者的肌肉、眼球等的动作信号读取患者的意识,是一种由内而外的临床心理疗法。然而,要从闵德尔所提出的'昏迷交流'技术,跨越到'机械昏迷交流',类似缝纫机与洋伞的邂逅,是不可或缺的。"

"缝纫机与洋伞?"

"嗯——总而言之。"

相原轻咳了一下。

"就是一种通过 Brain Machine Interface——脑内植入芯片,来实践闵德尔'昏迷交流'的新设想。由于促成该尝试的契机是冈德尔博士的大脑植入芯片——Stimoceiver，因此才会把它命名为 SC Interface。"

"啊，榎户先生之前向我说明过这些。"

"自人们发明了精神交流——经颅磁刺激技术，一种作用于患者的意识，通过脑芯片与刺入头皮的扫描针读取身体体验和症状，使双方共享梦境角色的技术后，随着 SC 交感器的逐步开发和发展，精神交流才走到了今天这一步。"

"这便是你刚才所说的，缝纫机和洋伞……"

"是的，缝纫机和洋伞的邂逅。"

说着，相原向我深深地点了点头，表示肯定。

老实说，刚才那些话，一半以上我都听得云里雾里的。

缝纫机和洋伞的这个比方，似曾相识，但又想不起来在哪儿听过了。

不过，有一点很清楚的是，相原本人一定很喜欢那个比喻，她得意的表情透露了一切。

梦境相对于现实而存在，以及梦境角色这一说法，还有梦境与身体的相互作用这一构想，对我来说还是颇具吸引力的。

至今为止，我一直认为通过 SC 交感器进行的精神交流，是类似虚拟实境那样的东西，现在看来那只是现象相似，而在定义上却有着本质性的区别。

虚拟实境是现实的一部分，而精神交流中出现的世界——梦境也好，内心也好，意识也好，却是与现实对立、对等存在的。

然后，梦境角色是连接它们的桥梁，不然就是起到类似门扉的作用。"

脑中一片混乱，我正暗自梳理消化刚才接收到的信息时，相原突然打了一个大哈欠。

我瞠目结舌。相原打完哈欠后，坐在椅子上，靠着椅背向后伸了一个大懒腰。

"和小姐，你饿吗？"

相原露出友善的微笑，让人完全想不到这张脸之前都还是一副一本正经的医生表情。她应该比我小一点，一展开笑颜，看起来还真像个孩子。

"嗯，有点。"

听到我模棱两可的回应，相原这回又探身前倾，用招呼密友般的口吻道：

"那么，疗程跟进我们就进行到这里吧，一起去个吃午饭怎么样？"

"哈？"

我倒是不介意和她一起共进午餐，但她这副套近乎的热络姿态，让我有些无所适从。

"不过，这附近有可以吃饭的地方吗？"

昏迷交流中心前的国道沿线，只有在海水浴季节时才热闹非凡，但夏季过后很多店铺都关门了，现在是一片萧条。

"这座大楼有地下餐厅，虽说是公司食堂，但里面提供的是自助餐，味道还不错哦！"

相原兴致盎然地说。她一边哼着歌,一边把安置在会诊室大桌子上SC交感器的笔记本终端关了。

别看她身上穿的是色调稳重的西服,哼的歌却是美国硬摇滚乐队的热门单曲,这个乐队最近才来过日本。

"那个餐厅,外人也可以进去吗?"

"有什么不行的?有我在没问题的。"

相原从椅子上站起身来,郑重其事地对我说。

"得知您的连载要结束了,我对此感到非常遗憾。"

"诶?"

她没头没脑地忽然提到这个,让我有点不知所措。

话说回来,《别册三色堇》的发行日好像是在两三天前。

那期杂志上应该刊登了我的连载即将终止,下一期将会是最终回的消息。

"其实,我是老师您的粉丝哦。高中起就是了,从您的连载开始一直到现在。"

"啊,是这样的啊。"

我不知道应该露出什么表情才好,愣愣地回应道。

"这可是我第一次邀请患者一起吃饭呢。"

相原说着,脸上扬起她一贯怡然自在的笑容。

"附身?"

相原一边用叉子取食着午餐餐盘上的法式鲑鱼酱,一边抬头望向我。

"您怎么会知道这些事？"

虽然一脸诧异，但她并未停下用餐的手，继续将鲑鱼酱送入口中。

"嗯，怎么说呢，我也是听别人说的，她的亲人之前也在这里住院……"

我觉得没有必要说谎掩饰事实，便坦然告知。

"啊，原来如此。"

相原点了点头，这次又伸手去拿装着洋葱汤的杯子。

餐厅里门可罗雀。或许是因为现在已经过了下午一点，并不是正常用餐时间的关系吧。

室内邻近天花板的墙壁上有一扇狭长的窗户，敞开的窗户兼具通风与采光的功能。由于餐厅位于地下，所以那里也是唯一能够引入自然光的地方。

这个餐厅规模并不大，里面也就摆放了十张左右设计简约的四人桌。用餐如相原介绍的，是自助餐形式。餐点种类虽谈不上丰富，但都是精心制作的菜肴，整齐罗列在移动餐台上的大餐盘里。

不知这里是怎么管理运营的，听相原说，餐厅二十四小时全天候营业，中心的员工随时都可以来这里吃饭。

我并不怎么饿，只取了两片三明治、一碟有机蔬菜色拉、一些水果和一杯咖啡。

与我相反，相原胃口大开，仿佛一心要尝遍餐盘上陈列的所有餐点似的，从刚才起就拿着托盘来来回回忙个不停，没有消停的时候。

一口气喝完洋葱汤后，相原把杯子砰地一声放回了托盘，略微沉吟了一会儿后说。

"关于 Possesion，您想了解些什么？"

对此，相原的态度暧昧不明。

反倒是她迫不及待，还想拿着已经空了的托盘去后边的自助餐台再去取些吃的企图更一目了然。

"那种说法果然还是一种迷信，或者说是昏睡患者自己的解读吗？不借助 SC 交感器，一个人的意识怎么可能转移到另一个人的身上……"

"嗯，你这么说也无可厚非。这里的职员听到关于 Possesion 的言论大多只有两种反应，不是皱眉就是苦笑。"

"相原医生也是吗？"

"我的话……"

相原略显迟疑，还是对我说道。

"我可以尝一下你的有机蔬菜色拉吗？"

"诶？啊，可以啊。没问题。"

我把几乎没有动过的色拉推到了她的面前。

相原高兴地拿起叉子，把鲜红碧绿的辣椒、生菜送入口中。

"嗯——我对 Possesion 的看法与其他的职员稍微有点区别。"

"是这样的吗？"

"嗯。Possession 是我的研究课题，所以他们都把我当作怪人呢。"

说完相原哈哈大笑。

"会被派来西湘昏迷中心，其实也是因为我是这方面的专家。怎么说呢？虽然大家都说那是附身，可这到底是怎么回事还没人能说得清楚呢。也许是通过 SC 交感器进行精神交流而引发的一种精神症状，但也有可能是一种在高度次元具象化的哲学丧尸。说不定，满足一定条件时，真的可以不用借助机器，就能够让意识与意识交汇。不过正因为我会说这些有的没的，大家才把我当作怪人。"

"呃——相原医生。"

虽然在这个时间点突然插话不太好，但我想就泰子女士提出的精神交流的事情，征求一下她的意见。

"有人想和浩市进行精神交流，不过她并不是我们的亲人。"

"那个人难道是仲野泰子？"

"诶？啊，是的。"

从相原医生口中听到仲野泰子的名字，我有点惊讶。

"为什么医生会……"

"听淳美小姐说 Possession 的时候，我就在想会不会是她了。"

相原面带苦笑地说。

"她的儿子仲野由多加小朋友过去也是我负责的病人。因此，泰子女士找我聊过好几次。"

"泰子女士似乎认为，浩市和由多加之间可能发生了Possession现象。所以她想和浩市精神交流，想亲自确认这件事的真相。"

"这也是可以的。"

相原不假思索地爽快回答道。

"只要浩市的亲人，也就是你同意的话，院方也没有理由拒绝。不过……"

"不过？"

"泰子女士目前的状态，在失去可以进行精神交流的患者的亲人身上并不少见。一直以来都可以非常明确地进行精神交流的意识，突然在某天荡然无存的时候，亲人一时间无法理解，无法接受患者死亡的现实，便会倾向地认为他的意识还在某个地方徘徊。我觉得仲野泰子女士就属于这样的情况。"

"嗯。"

对于相原的看法，我深有同感。

已经死亡的少年只余下一抹幽魂在世，而这幽魂般的意识就这么进入浩市的体内，如此令人毛骨悚然的事，我不愿意去想。

"正如我刚才所说的，这件事需要浩市先生的亲人，也就是你和浩市本人的许可……因此只能由淳美小姐先和浩市先生进行精神交流，征询浩市先生的意愿。不管怎么说，只要满足这两个条件，院方就没有理由拒绝浩市与仲野泰子女士的精神交流。只不过我事先要申明的是，这不是浩市的治疗，而是给予失去爱子的仲野泰子女士的心灵关怀，因此在这一点上，淳美小姐和浩市先生要有心理准备，并在此基础上提供协助。"

我点了点头。不过，浩市他最终真的会接受来自素未谋面的陌生人的精神交流吗？

此外，就算他接受了，我也无法确保他是否会收敛旧习，不在泰子女士面前自杀，单方面地终止精神交流。

我望着手里拿着托盘再次回到选餐区的相原的背影，心底升起一阵难以言喻的不安。

7

"真希,麻烦帮我把这个带给杉山先生。"

说着,我把一个水晶大烟灰缸交给了真希。

真希点了点头,拿着烟灰缸离开起居室,去了楼下的工作室。

今天的真希,一副鲜少穿戴的围裙打扮,看着特别合身。

话说回来,泽野这家伙到底去哪儿了?

整条买来的鲣鱼原封不动地在厨房的砧板上躺着。菜刀还嵌在鲣鱼的腹部,这里简直就像是鲣鱼的被害现场。

泽野这家伙一定是消极抵抗,罢工去了。临出门的时候,他就乱没骨气地唧唧歪歪道,他讨厌摸生滑黏腻的活鱼,所以一定是借着买东西出门,逃难去了呢。

这下可麻烦了。

我这辈子也没切过鱼。

今天从一大清早开始,我就埋头忙活着家庭派对的事。我这个临时抱佛脚的性格在此时发挥得淋漓尽致。到昨天为止，一件像样的准备工作都没做。所以现下只能不断地往返于附近的超市和购物中心，采购必需品。

最棘手的是，我、真希和来帮忙的泽野，都不擅长做这些事，怎么弄都无法上手。

更要命的是，正午还没到呢，杉山先生就已经来了。

好像是泽野通知他的时间错了。无可奈何只能让他在工作室稍候了，但依现在这个进度，不知道猴年马月派对才能开始呢。

"老师。"

真希拿着烟灰缸又回来了。

"杉山先生说他不抽。"

"诶？"

这怎么可能？！杉山先生是个老烟枪，一天可要是抽上两包轻型烟的啊！

我学会抽烟也是受了他的影响。

"他说他戒烟了。"

"啊……是这样的啊。"

一定是他夫人让他戒的。

杉山先生之前就埋怨老婆总是让他戒烟戒烟的。

抽烟也不是什么大不了的事，让他抽又怎样呢。

"还有，泽野先生也在楼下。"

"真的？"

刚才在家里找了半天都没看见，还以为他出去买咖啡喝了,什么时候回来的?

"真希,你帮我看着压力锅。"

说着我推开起居室的门向楼下半地下的工作室走去。

窄小的楼梯,笔直地向下延伸。二楼的私人空间、三楼的居室以及半地下的工作用空间,虽然在同一栋建筑内,却像两户人家的住宅那样被完全隔断,拥有各自独立的玄关。

在家里能够穿梭于居室和工作室空间的,就只有这个楼梯,一般也只有我会使用这个楼梯。

我下了楼梯,一推开门,便看到在工作室角落沙发上谈笑风生的杉山先生和泽野。

"泽野!"

我不禁大吼了一声。

"糟糕,被抓到了!"

泽野看到我,害怕地缩了缩肩膀。

"上面现在就只有我和真希,都忙得火烧屁股了!照这样下去,大家来之前怎么弄得完啊。"

连珠炮似的一口气把自己的不满发泄出来之后,我这才发现泽野身边的杉山先生正一脸呆若木鸡地看着我。

完了!

我从来都没有在杉山先生面前这么大声说话过。

"不要那么着急嘛。"

泽野全然没有反省的样子,看着愁眉苦脸的我,强忍笑意道:

"我这不是给你找来了一个得力帮手嘛。"

"帮手？哪里？"

完全听不懂他在说什么，我皱眉问道。

"嗯——是我。"

杉山先生玩笑似的举手说道。他看着我，明显是在隐忍着笑意。

"他说他会切鲣鱼哦！"

泽野强调。

"诶，真的吗？"

"姑且算会吧。我喜欢钓鱼嘛。淳美，你不也知道的吗？"

杉山微笑回应道。

这么说来，的确如此。当年杉山先生好像经常邀请编辑部的同事和作家乘船出去钓鱼。

我以前也想跟他去一次的，结果还是因为工作太忙，未能如愿。

"太棒了。我正拿鲣鱼没办法呢。我也真是的，怎么会买回来一整条鱼呢……关键时候果然还是杉山先生靠得住呀！"

"看来我早来还真对了呢。"

杉山先生脱下厚厚的皮夹克，从工作室的沙发上站起身来。

"厨房在二楼？"

"啊，是啊。就在二楼。真是不好意思。"

杉山先生推开门，踏上楼梯，向二楼起居室走去。我一屁股坐在杉山先生刚才坐着的沙发上。

或许是做了不习惯的事，肩膀特别酸痛。我前后左右摇晃着头，用手揉捏着肩膀。

"杉山先生是第一次来这里吗？"

泽野问道。他又深深地坐回沙发，完全没有要上楼去帮忙的意思。

"嗯，是的。"

连回答问题都觉得消耗力气，我言简意赅地答道。

"他很吃惊呢，说这个工作室真不错。听说杉山先生担任责任编辑的时候，老师您还住在租来的单间公寓里呢。"

"确实是呢。"

阿佐谷的单间公寓。我的房间在四楼。

"我说，泽野啊。"

我冷不丁地叫唤他。

"您请说？"

"你知道《庄周梦蝶》吗？"

"啊，那个啊。我知道。您说的是《庄子》吧。"

可能是我的问题太唐突了，泽野一脸莫名其妙。

"不知是庄周梦中变成了蝴蝶呢，还是蝴蝶梦见自己变成了庄周呢。大致是这么一个故事吧。"

"嗯。"

"老师怎么会突然想起这个故事来呢。是新作品的构想？还是？"

"嗯——算是吧。"

我胡乱敷衍着他，但他却饶有兴致地探身说道。

"说到《庄周梦蝶》，笛卡尔也说过一样的话哦——我们即使在梦中都会觉得自己是清醒的，因此无法明确地区分梦境与现实。感官知觉乃感官迷惑，我们又如何确认自己不是在做梦呢？"

"是嘛。"

"除此之外，还有很多呢。卡尔德隆·德·拉·巴尔卡的《人生如梦》，能剧《邯郸》，莎士比亚世界剧场的想法在思想上也与它十分类似。世界是一座舞台，你我只不过是演员……如果没记错的话，这句台词出自于《皆大欢喜》……"

泽野一打开话匣子便滔滔不绝，我听得都快傻眼了，眼睛直愣愣地看着他兴致盎然地说得口沫横飞。

"最近，哲学家尼克·博斯特罗姆也说过同样的话。他提出了一种怀疑主义的假设——如果有一种文明能够模拟行星乃至宇宙全体，那么我们所感觉到的现实便极有可能被证明是存在于那个模拟世界之中的……"

"呃——"

我试图打断他的口若悬河。

"泽野，你是哪个大学毕业的？"

"诶？我是东京大学毕业的。"

怪不得。

我暗自叹了口气。从口袋里取出便利贴递给泽野。

"泽野，不好意思，麻烦帮我把这个上面的东西都买来行吗？"

"还有没买的东西啊。"

或许是聊到兴头上的话题中途被打断，泽野有些不满地抗议道：

"这真的是最后一次了吗？从早上开始都来回跑了三次了……"

"我是靠演绎法生存的嘛。"

"您的意思是走一步算一步？"

"就你话多！你先把这些给买来再说。"

我从口袋里取出车钥匙，向泽野扔了过去。

"《庄周梦蝶》的事说到这里就够了？"

泽野接到钥匙后说道。

"够了够了。"

事实上，泽野说得越是起劲，我的脑袋就越是一片空白，听到后来，对这件事反倒觉得无所谓了。

泽野走了以后，工作室就只剩下我一个人了。

有点累。

上面的事就交给真希和杉山先生，这次轮到我罢工了吧。打定主意后，我从沙发上站起身来，脱下围裙，坐到自己的工作台前。还是坐在自己的老位置上让人安心啊。

真希总是把桌子整理得异常整洁。在偌大的桌子角落处，我瞥见一个奇怪的东西。

布制的杯垫上，摆放着一只貌似黄铜制的长颈龙小模型。

这东西以前就有的吗？

我满腹狐疑地伸手拿起它，把它放在手心里。

这东西虽然小，但分量很扎实，比看起来重得多。

它不像是模型，更像是一个装饰品，或者是类似镇纸那样的东西。

沉甸甸的重量让人感觉它不是中空的，而是由一整块的金属制成的。难道是铸出来的吗？长颈龙圆润的身体前后长着像海龟那样的四只鳍。

长长的脖子前端有像蛇一样的小脑袋……

我把模型放回桌上，站起身来。

没来由地，我心中一阵不安。

完全感觉不到刚才上去二楼的杉山先生和真希的气息。

起居室和这里隔着两扇门还有楼梯，声音传不过来也是理所当然。但身边谁都不在的话，感觉很恐怖，总有一种只剩自己被留在这个世界上的感觉。

我伸手拿起挂在椅背上的围裙，打开了通向起居室的门。

门的另一头，如果是一幅挂着红布的竹竿插在水塘中的小岛景象该怎么办？

与我料想的不同，门后依旧是延伸至二楼的窄小楼梯。

我松了一口气，走上台阶，进入了起居室。

真希在往桌布上摆放餐具和饮料，一会儿又一脸纠结地调整着装饰用的插花。

瞄了一眼厨房，杉山先生穿着真希刚才穿的围裙，正哼着歌得心应手地剖着鱼。

我还是第一次见杉山先生这副样子。杉山先生在家的时候都是这样的吗？

"觉得很稀奇？"

杉山先生手中拿着沾满鲣鱼血迹的菜刀，回头朝我微笑道。

"嗯。"

这和彼此在工作场合见面时不太一样，感觉有点奇怪。

杉山先生手脚利落地把已经一剖为二的鲣鱼穿在铁串上，就着煤气灶的火苗烤起鱼来。

回到起居室，真希还是和之前那样，一边端详着桌子上的装饰花，一边不甚满意地抱着手腕，口中嘟嘟囔囔。

"有什么需要我帮忙的吗？"

"诶？啊，没什么特别需要帮忙的。"

真希听到我的声音回过神来，仿佛这才注意到我的存在，慌忙说道。

"那好吧。"

我环顾整个起居室。往日放在起居室正中的合成皮革绿色沙发组，现在都被推到了屋子角落，背靠着墙壁。

沙发组配套的矮桌、从餐厅搬来的紫檀餐桌，还有今天早上在购物中心采购来野营用的折叠简易桌子上都铺着塑料的桌布。

桌布上陈列着别人送的洋酒和葡萄酒，还有泽野带来的吟酿酒。

罐装啤酒买了两箱，一半已经放进冰箱里冷藏了。这些饮料应该足够了吧。

三张桌子上放着买来的饭团寿司塑料盒，和外卖配送的扁盒匹萨等餐点。

"真失败！不该买这个的，都凉了呢。"

我打开外卖的匹萨盒说道。

真拿自己没办法，怎么就没想到这一点呢。匹萨这种东西应该晚些时候再点的。

现在准备好了，到派对开始的时候肯定都凉透了。就算到时候想加热，家里也没有合适的烤箱和微波炉。

我火急火燎地打订餐电话的时候，要是有真希或者泽野在一旁阻止我就好了。

"杉山先生的火烤鲣鱼片做好后，我们把在楼下的您的弟弟也叫上来，就这么先开始了吧？"

真希体贴地建议道。

"诶？"

还以为自己听错了，我抬眼看向真希。

"就这么办吧。"

杉山先生在厨房里大声说。

"啤酒也够凉了，就这么开始吧。要是等一会儿匹萨不够的话，到时候再叫就行了。"

"那个，稍等一下。真希，你刚才说了什么？"

"诶？我说趁匹萨还热的时候把您弟弟叫上来，先和杉山先生还有老师您喝起来也不错噢……难道，老师要等所有的人都到齐了再开始？"

"不是，我要问的不是这个。"

真希一脸困惑地看着我。

"你就不要太见外了，淳美。我这边马上就好了。"

杉山先生从厨房探身劝道。

"不，我不是这个意思。刚才真希说把弟弟也叫上来……"

"是啊，我是说了。"

真希闻言点头。

"对哦，你弟弟已经醒了呢。什么时候出院的？我怎么一点都不知道。"

杉山先生插嘴道。

"等一下。大家在说什么呢。我弟弟？你们在说浩市？"

"当然是啊。诶？老师除了浩市还有别的弟弟吗？"

"是没有……"

"老师，您没碰到吗？刚才我去工作室把烟灰缸给杉山先生的时候，还和他打了个照面呢。"

"他在楼下吗？"

杉山先生对我说。

"诶？淳美，你不知道吗？我刚才就看到他了，和泽野交换名片以后，就离开工作室上了二楼。"

"没人上二楼来过啊。"

"是吗？这可就奇怪了。"

杉山一副这也没什么大不了的样子说道，又回到厨房做起火烤鲣鱼片了。

"老师，您怎么了？脸色看起来不太好啊。"

真希担心地问道，但我连回应的心思都没有。

我打开门，迈出好像随时都会滚下去的虚浮步履，走到楼下。

把手放在通向工作室的门把上。

我需要勇气来推开这扇门。

微微施力,慢慢地推开门。

"浩市?"

我朝门的背后叫唤道。

没人回应。

眼前的工作室与之前并无二致。

里面空无一人。当然,也没有浩市的身影。

我走进工作室,在沙发上坐下身来。

闭上眼睛,摊开双手,覆在脸上。

无法言喻的不安与紧张,在体内四处游走。

远处传来一阵阵锵锵、锵锵,锤子敲击铁板的声音。

温和的海风拂面,带来咸湿的潮水气息。

求你了。饶了我吧。

我用支离破碎的声音喃喃道。

站起身来,双手仍覆在脸上,企图逃离不明身份的某人。两步、三步,跌跌撞撞地向前走去。

"往那里走有危险哦。"

耳边忽然响起浩市的警告。我后背一阵战栗。

"别这样,浩市。"

"又不是我让姐姐遇到这些事的啊。"

"你现在在哪儿?"

"我在昏迷交流中心的床上啊。"

"骗人!"

"诶?你为什么会觉得我在骗人。"

"你,真的是浩市吗?"

"你不相信？"

"因为……"

"我倒是想问你，你真的是我姐姐吗？我也在怀疑你。己所不欲，勿施于人嘛。"

浩市回应道。我闭上眼睛，双手还是覆在脸上。

"姐姐，我还真搞不清楚，你是不是真的有灵魂？"

"你这是什么意思？"

"人是无法通过客观观察来得知他人是否拥有内观性感质的。表面观察——就算是解剖到脑神经细胞也无法确认。"

"什么是感质？"

"感质就是譬如将红色作为红色认知的心，能够体会优美音乐妙处的心，会愤怒、欢笑以及其他现象学性的意识。"

"你是说我没有感质？"

"不。我说的是，从客观观察是无法了解你是否拥有感质这件事的。你表面上看似困惑，忐忑不安，但这是因为你内心拥有感质而动摇呢，还是因为你的内在存在于黑暗的虚无里，只是表面上看上去如此而已呢，从我个人的角度而言是无法判断的。"

浩市看似有些惴惴不安。

"这种没有现象学性的意识和感质的存在，从性质二元论的立场来看，就会将其称之为哲学丧尸。"

昏迷交流中心的医生和技师们，把在通过 SC 交感器而建立的精神交流中出现的，没有内心意识的人物称之为"哲学丧尸"。

"明白吗？你不要误会。哲学丧尸并不是指人格或者性质。也不是指某种精神病症。而是指从头到尾都没有意识和感质的存在，也就是只有外观没有内心的存在。即虚无。"

"你是想说我就是那样的存在？"

"我说不定也是那样的存在噢。"

我放下覆在脸上的双手，慢慢地睁开眼睛。

强烈的日光直射瞳孔，我不禁眯起眼睛。

我所站的地方，显然不是那个清澈透明的小岛海边。脚下是毗连大海的巨大混凝土水渠，眼前的水色墨蓝阴郁。

桁架结构的起重机钢筋臂三三两两地横在半空，前端粗钢线悬垂而下的钩子在海风的吹拂下东摇西荡。

一艘黑色的货船在拖船的牵引下，徐徐驶入水渠。

看来我目前所处的地方是造船厂干船坞的码头。

这里该是外公……那个给我画的长颈龙添上四肢的外公，年轻时在神户工作的造船厂吧。

在我四下打量之际，货船有条不紊地向我的眼前驶近，终于整个船身都进入了船坞。

钢铁制的超厚船坞门从海中缓缓升起、关闭，伴随着震耳欲聋的轰鸣声，水泵开始吐着白沫，不断地将船坞里的海水向外排出。

原本会耗费数个小时的作业，在我眼前却像是在看快进影片一般迅速，整个船坞简直就像是拔了塞子的浴缸，转眼间大量的海水汩汩流出，水位急剧下降。

浸湿的混凝土船坞底部显现出来，船员们在货船甲板和码头之间架上了木板。某处响起开工的汽笛声，身穿浸满油污的蓝色工作服，脚踩塑料长靴或橡胶分趾工作袜套，搭配着七分裤等各式裤子的工人和锵锵虫们，邋里邋遢地出现在船坞。

他们好像完全没有注意到我的存在。

或在我眼前擦身而过，或踏上窄小的楼梯，或爬下靠在船坞墙壁上的梯子，朝着深约十米的坞底潜行而下。

锵锵虫们手里都拿着作业用的锤子。锤子两头的前刃一纵一横，非常奇怪。他们中还有几近全裸工作的人。

工人们开始用原木料和钢丝搭起临时脚手架，完成后锵锵虫们攀爬上去，敲打撅起船底沉积的铁锈，还有满脸墨色油污的工人负责给推进器加油。

所有的锵锵虫都一言不发。

阳光火辣辣地照进船坞。湿气蒸腾的船坞底部，连空气都因水汽而模糊扭曲了起来。满身汗水、油污与赤褐色的铁屑，男人们仿佛像是在演奏一台巨大的打击乐器那般，闷声不响地挥舞着锤子，敲打着铁板，不规则的节奏不绝于耳。

踌躇了一下，我爬上梯子，下到船坞底部。

从干船坞底部仰望天空。

烈日当头，只见几抹行云随风飘动。

炫目的盛夏艳阳射在坞底的混凝土地板上，线条分明地刻勾勒出货船的影子。

干船坞的底部通风不良，比我想象的还要闷热。

——那是不舔着盐绝对干不下去的活。

这是从妈妈嘴里听来的外公的抱怨之词。

外公说，我做的就是这么苦不堪言的工作。

还说，我就是从这样的地方一步步爬上来的。

抬眼望向黑色货船的船身，又再度仰望远方无情挥洒着热量的骄阳。

那便是，我外公……我那在井荻开拉面馆的外公，年仅十多岁的少年时代，怀着绝望和希望所看到的天空。

——我一生穷苦，就是因为我没文化。

妈妈说，外公常把这句话挂在嘴边。

外公其实打心底里看不起那些和他一起做锵锵虫的同伴。

据说也正因为如此，大家都不喜欢他，联合起来排挤孤立他。外公个儿小又近视眼，隔三差五就会被喝醉酒的同伴们抓住胸口的衣服，拎起来暴打一顿。

外公滴酒不沾，把每天的微薄收入存起来，用那些钱买了英语书和字典。

当一起工作的同伴们盘腿坐着，大碗灌着烈酒的时候，外公则在为自己的未来苦读到深夜。

然而，因为外公连小学都没毕业，对于如何自学英语的语音一筹莫展。

母亲在读中学的时候，外公曾提出要教她英语。他把"sometimes"读成"索面起迈司"。妈妈一听不对，把正确的读法说给他听。他当场便恼羞成怒道：你是不是把我当傻瓜唬弄！还为此动手打了妈妈。

回忆起外婆和妈妈说的那些外公过往的生活片段，念及他当年的心思，我的眼泪潸然而下。

明明是最讨厌外公的，可现在泪水却怎么也收不住。

我迈开步伐，在干船坞底去锈作业的锵锵虫之中，搜寻起外公年轻时的身影来。

锵锵虫们有的坐在脚手架上，有的钻到支撑货船的墩木下用锤子敲打着船体，我仔细地逐一辨认着他们的面孔，绕着船体走了整整一圈。

在这群年轻力壮的男人中，还夹杂着几个脸上皱纹如同刀刻般的老人，更有让人觉得年纪才十二三岁的少年。他们浑身上下都覆满了赤褐色的锈斑。

这些人也是浩市和相原口中的哲学丧尸吗？

横卧在船坞内的货船，水渠上参天的起重机，它们也是没有内心情感，仿佛幻象一样的存在吗？

绕着货船找了一圈都没看到很像少年外公的锵锵虫，正当我想再绕一圈找找看的时候，不知哪里又响起了汽笛声。

锵锵虫们把手中的锤子插到皮带里，从脚手架上爬下来后，再从来时架在船坞墙壁上的梯子回到陆地。

大概那个汽笛就是用来替代过去通知正午时间的空炮的吧。

尽管大家都收工离开了，但船坞底还是能听到锵锵、锵锵，敲击船体的响声。

我被这响声吸引，朝着声音传来的方向走去。

绕过比我个儿还高的大型推进器和船橹、船舵，我径直走到船尾。

那里有个年轻人还站在脚手架上，固执地用锤子敲击着船体。

他用力挥舞着锤子，气势惊人。那架势简直就像是想要用这一把锤把整个船体都大卸八块。

用原木料搭成的脚手架有数米之高，我茫然若失地伫立原地，抬头痴痴地望着男人站立的身影。他的身上依稀有着浩市的影子，但个子比浩市矮小很多，戴着一副圆框眼镜。

他就是外公！

我的直觉告诉我。

男人看上去二十岁左右的年纪。

锵锵虫时期，英姿勃发的少年外公就在我的眼前。

"你在这儿做什么呢？"

冷不防听到有人说话的声音。

我回过神来，看向站在脚手架上的男人。

他一脸诧异地看向原木脚手架下的我。

我仓皇失措，仿佛其他的锵锵虫和工人们都看不到我，就他看得见我。

"没辙了，没辙了。这块顽固的锈斑怎么也敲不下来。"

男人顺着脚手架上交错固定的原木爬下船坞底。

"我一个劲地猛敲，连汽笛的声音都没听到。你是来叫我吃饭的吧？"

男人……少年外公好像把我错认为了某个人，不过我马上就想到是谁，是外婆。

外婆以前常叨念着，我和她年轻的时候简直如出一辙。

话说回来，外公当年和外婆可算是私奔来到神户的。

外公和外婆离家出走，从小岛上那被称之为"猫家"的世代赤贫家族走了出来。

那个家族没有自己的田地，代代都是佃农，一直以来都是为村长家干活，靠着种甘蔗和落花生来换取收入，维持生计。

外公离开小岛之前，是个勤劳能干的好青年。据说他和外婆是表亲，那时年少无知的外婆被外公热情洋溢的表白说服，怀揣众多梦想和美好期望搭上了船，身无长物地离开了赖以生存的小岛。

外公在神户造船厂做锵锵虫时，身怀六甲的外婆在锵锵虫们的宿舍帮佣做饭。

不谙世事的外婆，据说一开始连煮饭捏饭团都不会。

外公和外婆的第一个孩子，也就是我妈妈的哥哥，或许是因为外婆在怀孕的时候太过操劳，孩子生下来没几个月就夭折了。

听外婆说，自那以后，外公有事没事就找碴，对她拳打脚踢。

"不好好休息怎么行！你可是马上就要生孩子的人。"

男人用来神户后学会的关西话说道。他的发音非常奇怪，到老都没改过来。语毕，还向我露出了一个心无芥蒂的温柔笑容。

男人……年轻的外公，笑着拿起挂在脖子上的毛巾朝脸上胡乱一抹。

毛巾乌漆抹黑的，就算擦了也没能让外公的脸干净多少。

即便如此，他的眼中一点也没有我熟悉的阴郁。

轻轻地把手放在了自己的下腹部。我大腹便便,仿佛就像一个即将临产的孕妇。

"啊——还会有这样的情况?

藏匿在心底深处的某种阴暗情感,好像浊流般卷涌上来。

我不明白这是怎样一种感情,但那一定是被我有意识地压制,想要掩埋在深处的记忆。

"我给你开了药,按时服用就不需要再来医院门诊治疗了。"

"诶?"

我抬起头来,慌忙扫视四周。

这里好像是某家医院。

刚才还在眼前的年轻外公、巨大的干船坞、货船,一下子都消失了。

我坐在狭小诊察室的圆椅上,对面是一位身着白大褂的年轻男医生。

"吃了药以后,你肚子的疼痛症状应该就会有所缓和。"

医生面带温柔的笑容,体贴地说道。而后,转身在桌子的诊疗本上记录了些什么。

在护士们的催促下,我向医生行礼道谢后,穿上放在膝头的外套,走出了诊疗室。

我感到头昏眼花、耳鸣目眩,浑身无力得几乎当场昏倒。

许多稀奇古怪的场景,如倒叙般地在我脑中一一闪过。

沙滩上,坐在野餐地垫上剪脚指甲的短发年轻女子。

我过去住过的位于阿佐谷的单间公寓。房间里空无一人,通向阳台的落地滑门大大地敞开,窗帘随风飘动。

在类似学校的建筑物屋顶,有一个手抓铁丝网、定定地望向远方的十三四岁陌生少年的身影。

然后,在蓝色波光粼粼的大海中向前滑行的,巨大的长颈龙……

"您的感觉如何?和淳美小姐。"

耳边忽然响起人说话的声音。

"在心情平复之前,请慢慢地深呼吸。"

声音是从耳朵上戴着的耳机里传来的。

是神经工学技师,榎户的声音。

我的视线被好像面罩一样的东西所遮盖。

过了许久,护士们才进入精神交流室,帮我把头顶的扫描针取下。完成这个作业后,她们离了房间。在那之后的很长一段时间里,我都不能动弹,只能怅然不知所措地躺在床上。

8

　　画家勒内·马格里特的作品中,有一幅名叫"光之帝国"的画作。

　　这幅画乍一看稀松平常,以为只是张普通的风景画。然而,倘若你凝神定气、仔细观察,便会发现池畔的两层洋房与背景广阔无垠的蓝天之间,有着诡异的明暗对比。

　　总而言之,这幅作品画的既不是夜晚也不是白天。

　　洋房的窗户透出室内的灯光,池畔的水面映衬着天空的颜色,路边的街灯挥洒着它的力量——这一切的阴影关系全都是按夜晚描绘的,但无独有偶,里面的天空却是晴天碧日的艳阳天。

　　画中的风景仿佛被施了魔法一般,似曾相识又却绝对不会存在于这世界上。

　　我很喜欢这幅画。

　　与达利、毕加索的旨趣不同,马格里特的作品中所描绘的东西无一不存在于现实的世界。很多情况下，只有纵观整幅作品才会注意到作品的独到之处。

欣赏着装饰在工作室墙壁上"光之帝国"的仿制品，我落寞地叹了一口气。

最近可能真的有点疲劳过度了。

手上的工作告一段落后，也许我该按泽野说的，出门旅行透透气，顺便也调整一下身体状态。

桌子上平摊着一本素描簿。单行本补完情节的画稿，也就是中途夭折的《乐蜀》的分镜稿，已经完成了一半。

接到连载终止的消息时，实在有点措手不及。一下子要为连载了近十五年铺展开来的宏大故事收尾，只靠单行本最终增加的几十页大结局，果然还是太牵强，怎么也逃不过狗尾续貂的命运。

好几次都想像过去那样，给杉山先生致电倾诉自己的无奈，请教他的意见，可临到那一刻又打起退堂鼓来。杉山先生已经不是我的责任编辑了，不仅如此，他现在还离开了少女漫画杂志的编辑部。我不能给他添麻烦。

只能自食其力，独自为这部漫画落下帷幕。

瞻前顾后，殚精竭虑，反倒让分镜稿毫无进展，我决定去泡澡调整一下心情。

从工作室出来，踏上通往二楼起居室的专用楼梯。想到反正这栋屋子就只有我一个人，便随意地把衣服脱得遍地都是，赤身走向浴室。

前天在家开的那场派对结束后，真希向我提出辞职，决定结束助手的工作。

她刊登在增刊上的作品前篇,据说颇受好评。

如果读者问卷上的后篇反馈也不错的话,就会进一步决定是否在杂志上开设连载。

真希为了后篇的绘制,临时请了助手。与此同时,她还夜以继日地与泽野开会讨论研究剧情,制作提供给杂志连载会议用的初回分镜稿。泽野最近也很少打电话过来了,他们两个人一定很忙吧。

我虽有些许的寂寞,却没心烦意乱,也没感到丝毫的嫉妒。

看到现在的泽野和真希,便会回想起过去的自己和杉山先生。真希和泽野的机会终于来了,他们俩作为漫画家和编辑,也许马上就会迎来热火朝天、忙碌充实的日子。

我打心底里对此感到羡慕不已。

对我而言,那样的日子早已过去。

浴缸里漫溢的热水淹没肩头,把别人送的玫瑰精油倒入水中晕开。

浴室的磨砂窗户微微敞开,窗外是令人想起马格里特画作的青天白日。正午温和的淡金色阳光洒入浴室。

伸直双腿,把足裸搁在浴缸的边缘,调整到一个放松的姿势,闭上双眼。眼前浮现出这么一幕——石滩水塘里插着一根竹竿,竹竿上系着一块红布。

对了,之前昏迷交流中心的相原医生曾经问过我,这个故事是否有后续。

她问我，你和浩市落入大海，两人紧抓着彼此的小手在急涛浪涌间载浮载沉，最终被闻讯而来的大人们救起后，还发生过什么事？不知道她是出于精神分析的意图，还是临时起意提出了这个问题。我绞尽脑汁都没想起后来发生了什么。

自那以后，我便再也没有去过那座小岛。

据说珊瑚礁石滩被整个儿围了起来。

那是出于防范危险的缘故吧。事实上，我和浩市小时候就是在石滩溺水的。

亲戚们也大都离开了小岛，去了东京、千叶、大阪、神户等地。听说岛上已经没有猫家的族人了。

从亲戚们的口中得知。满是女郎蜘蛛网的老宅，以及晴彦叔叔搭建的新型平房，也都因为无人居住而变成了废宅。庭院里一片荒芜，野草长得跟人一般高。仓库里晴彦叔叔引以为豪的心爱钓具和小型拖拉机什么的，也都闲置生锈了。

父亲和母亲在我和浩市海中溺水的那趟旅行归来后，不久就离婚了。

小岛虽然是妈妈的故乡，但她自那以后再也不愿回去。

之前，相原医生问的时候，我避重就轻地一笔带过了。然而，妈妈不愿去那个小岛，其实是事出有因的。

在神户做锵锵虫的外公正巧那时拉面馆经营失败，回到了他曾经厌恶至极的小岛。

要说他回到岛上做什么的话，他出家做了一名和尚。

猫家的人们顾着大家都是亲戚的分上很照顾他，但外公虽然当了和尚，还是难改那个臭脾气。或许猫家的人一一离开小岛，直到岛上的族人一个不剩，有一半也是因为外公在岛上的缘故吧。

对了，母亲过世的时候，外公曾经从岛上给我寄过一封很厚的信。

他在明显尺寸太小的四号信封里，扎扎实实地塞满了几十张折了四折的便笺。这信还没开封，就已经招来别人的反感了。

打开后映入眼帘的，便是便笺上密密麻麻地反复抄写的般若心经，除此之外还有一封亲笔信。

信上写了很多不知所云的东西，唯一有印象的便是，在这封署名给丧主的信中，他要求我把妈妈的守灵和告别式的日期避开西武狮子队的比赛日。

我当时脑中只有一个想法，外公果然还是疯了啊。

妈妈生前讨厌外公，因此我觉得她一定不会喜欢我把这封信放在棺材一同火化，再加上这封信看着实在难受，所以我就把便笺撕烂，丢进垃圾桶了。

现在脑中闪现的，尽是一些过往的琐事。

穿上浴室里准备好的浴袍，用浴巾擦拭着头发一路回到起居室，刚洗好的浴巾上还散发着太阳的味道。我抬眼望向墙上贴着的月历。

凌乱的工作日程，穿插在私人约会的备忘录里。在其中某个日子，我用了非常抢眼的绿色马克笔画圈做了标记。

那是要去昏迷交流中心的日子。

由于工作有了空闲，这个月已经去了一次了，那天和浩市的精神交流并未成功。

事后,我和相原一起在昏迷中心的地下员工餐厅吃了午餐。

因此,虽然没能向浩市本人确认他是否愿意和仲野泰子女士进行精神交流,但我已经向相原、榎户等昏迷交流中心的相关人士告知了除我以外,有人想要和浩市进行精神交流一事。

下次去昏迷交流中心的日期定在月末,我和仲野泰子女士相约一同前去。我不确定那天是否可以进行精神交流,不过泰子女士说她并不介意。

伫立在画有绿色圆圈的月历前,一丝不安从脚底升腾而起。

难道我不该让浩市与泰子女士精神交流吗?

或许这会引发覆水难收的结局。

这些问题毫无缘由地,在我的心中翻来覆去。

9

时光荏苒，转眼就到了月末。

抵达昏迷交流中心后，我发现仲野泰子女士早已久候多时。

粗壮的混凝土圆柱有序排列，不禁令人联想起神殿。仲野泰子端坐在宽敞大厅一角的沙发上等待着我的到来。她一身风格简约的连衫裙，气质优雅。

"今天真不好意思，让您为难了。"

看到我走进大厅的身影，她起身向我行礼。

上次见面时，我就已经觉得她十分迷人，充满魅力。端丽高挑的身材，令人羡慕的纤细体态，和我简直有天壤之别。我总是坐在椅子上工作，最近都有了点发胖的趋势。

她和我一样四十岁上下，散发着与这个年纪相应的成熟魅力，即便是同性的我也不禁为她所倾倒。

我们并未多做交谈，按前台的指示前往指定的房间。

由于事前我曾说过会带仲野泰子同行，原以为相原也会出现，不过她好像有事在身并不在，会诊室里就只有技师榎户一个人。

和我预想的不同，相原事先已经指示榎户执行浩市与仲野泰子之间的精神交流，因此我们从一开始就在此前提下开始了事前会议。

虽然我还是有些介意这次的交流并没有事先征询浩市的意愿，不过榎户安抚我道，退一万步讲，如果浩市本人不想进行精神交流的话，精神交流本身就不会成立，所以根本无需担心。

事先说明会议结束后，榎户离开房间去做准备工作。泰子也在护士的陪同下走了，反倒留下我一个人无所事事。

有一个护士过来通知我，浩市和泰子的精神交流可能会持续好几个小时。

以往总是自己是精神交流的当事人，所以便忘了在精神交流中，无论当下感觉经历了几分钟还是好几天，一般醒来以后都是过了几个小时。这么长的时间用来等人，确实有点难熬。

虽然也可以向他们借间房间小憩一下，但我还是决定出门逛逛。来昏迷交流中心这么多回，每次都是车来车往，仔细想来，我一次都没有到中心的周边溜达过。

走出昏迷交流中心的主楼，朝中心正门的方向迈开步伐。

国道的另一面是西湘一望无际的大海与沙滩。我打算在这里吹吹风，在沙滩上散会儿步再回去。

沿着海岸线蜿蜒的国道，上下行都是十分宽阔的单车道。或许是因为工作日，车比较少的缘故，路过的车子都以惊人的速度行驶着。

中心正门前既无红绿灯也没斑马线,我等待车流过去,一口气冲到了马路对面。

防护栏后是一片宽广的沙滩,西湘无垠的大海近在眼前。

西湘的大海与我记忆中的那座小岛风格迥然不同。

海水浴的季节早已过去,沙滩上连冲浪的人都不见身影。

一波波海浪翻滚袭来,卷起沙滩遍地的赤褐色海藻,散发出令人反胃的腥咸。

这样说来,我夏天来过昏迷交流中心好多次。那时沿着海岸线开车的时候,还看到过不少海之家和临时露天酒吧,而今全都荡然无存,连残骸都没留下。熙熙攘攘的人流也无影无踪。

走了没多远,我便觉得有点累了。

看来今天穿的高跟凉鞋,不太适合在沙滩上步行。

毫不介意牛仔裤会被沙子弄脏,我一屁股在沙滩上坐下。

凉风轻习,海浪夹带着白沫,轻波荡漾。

沙滩上少有人烟。

有一个戴着太阳眼镜慢跑的女人。

一个牵着小狗散步的白发男人。

还有漫无目的闲逛、称不上年轻的情侣。

我坐在沙滩上,左顾右盼,能看到的也就只有这么几个人了。

抱膝遥望大海,不知为何心中一阵彷徨,很怕自己就这么睡着了。

初次体验 SC 交感器进行的精神交流后,总有这么一种难以言喻的不安盘桓在心底,总觉得一旦睡着了就会无法分清梦境和现实。

榎户说,有过精神交流体验的人大多都有这样的感觉。他还十分绅士地给了我一个公式化的建议,如果你实在睡不着的话,可以让医生开一些安眠药。

为了防止自己睡着,我从沙滩上站起身来。

心情还是一如既往地纷杂凌乱。由于穿着凉鞋不方便走路,我便把它们脱了,一手一只拎着,赤脚走在温暖的沙滩上。

走了一会儿,我看到了一个奇怪的身影。

那个男孩大概还是高中生吧。他一身休闲打扮,背心加上五分裤。手腕上带着某种装置,在沙滩上来回走动。开始我还以为他是沙滩的清扫志愿者之类的,但仔细看后发现并不是那么回事。

我停下脚步,从稍远的地方望着那个少年。

他拿着的机器,就我的视线所及,很像是只用前手腕支撑的松叶杖。机器底下是一根长棍,上面 U 字型的弧形部位固定在手肘上。

与松叶杖有所不同的是,它形似松叶杖的前端部分呈圆盘状,手柄部分有一个像是小型液晶屏幕那样的东西,显示屏的下面连接着看似是主机的盒子。

静静远观好一会儿,才发现这个少年并不是漫步目的地在沙滩上来回走动。他手持机器,幅度一米地左右挥动,钜细靡遗地来回用道具的前端探索着沙滩。

离他不远处，有一个与他年龄相仿的少女坐在野餐垫上。

少年每次经过少女旁边时，就会和她聊上几句。

每一次，少女都会笑盈盈地回应少年。

他究竟在做些什么，那个机器到底是做什么用的，心底的好奇蠢蠢欲动。

我决定先和女生搭话，一探究竟。

因为她落落大方，感觉更好亲近。

我向她身边走去。她穿着露肩的吊带衫，牛仔五分裤，头发特别短，利落得好像男孩子一样，抱膝坐着，正在剪脚趾甲。

"你好。"

我耐心地等女孩剪完所有的脚趾甲后，出声招呼她。她把剪下来的指甲屑噼噼啪啪地拍到沙滩上，抬起头来一脸莫名地看向我。

"我有点好奇……"

我的视线望向少年示意，问道：

"他这是在做什么呢？"

"啊。"

女孩子也看向少年点了点头。

"他在寻宝。"

看到我偏头不甚理解的样子，她又补充了一句。

"那是金属探测器。他这么做是在寻找埋在沙子里的东西。"

"哦?"

"据说现在这个季节来,可以找到夏天来海水浴场和冲浪的人掉下来的戒指和首饰。"

女孩解释道,而后笑着坐到野餐垫的一头,让我也坐下。我轻轻点头表示谢意,在她身旁坐了下来。

"今天就只找到这些。"

女孩子指向野餐垫一边罗列着的东西。

印有韩语的果汁瓶盖,几枚像是柏青哥机器的游戏币,一段看似廉价的项链。放在那里的,尽是一些看上去像垃圾一样的东西。

"之前我们找到过白金戒指,拿到店里去,还卖了十万日币呢。"

"你们的兴趣爱好真的很有意思啊。"

听我这么说,她微微一笑。

她说,这是一种叫做"Treasure Hunting"(寻宝)的爱好,在美国的西海岸等地非常流行。

如今"寻宝"在日本也渐渐为人所知,像现在这样海水浴时令过去以后的季节,他们时不时也会遇到同样拿着金属探测仪在沙滩搜寻的人们。

"你住在这附近吗?"

她问道,我轻轻摇头。

"这边附近有一个类似医院的机构,我去那里办点事情……"

从我和女孩坐着的地方也可以看到昏迷交流中心的玻璃

幕墙。

就中心的外观而言，她一定不会觉得那儿就是我口中的那个"类似医院"的机构。

"她是？"

在潮水线地块搜索的少年，调转方向回来了。

"她是……"

女孩一脸无奈地看向我。

对了，我都还没自报家门呢。

"我姓和。"

"和？"

"嗯，和风的和，单字的姓。"

我如此解释后，不知为何两人面面相觑，哈哈大笑起来。

"您这个姓还真少见呢。"

"嗯，确实不常见。"

我不知道该露出什么样的表情才好，只能用微笑敷衍了之。

"她很好奇这个机器是干什么用的。"

女孩解释后，男生把手上戴着的金属探测仪前端稍微向上抬了一下。

"你说这个？"

我点了点头。

"要不要试试看？"

少年把金属探测仪从手腕摘下，向我递来。

起先还客气推托一番，但在女孩的频频劝诱下，我决定试试看。

话虽这么说，其实我心里可真想玩上一把呢。

我从少年手中接过机器，他简单地向我讲解了这台机器的操作方法。

他先帮我设定好扫描探知的范围和深度，再教我怎么看显示屏。学完一整套的操作方法，正想向少年道谢时，这才发现自己都还不知道这两个孩子叫什么。

"对了……"

"啊，我叫岬。"

女孩察觉了我的意图，自我介绍道。

"岬？"

"是的。我的名字不错吧。妈妈说，我的名字取自一个漫画主角。"

说着，女孩……小岬咯咯地展开了笑颜。

那该不会是我的漫画吧，但转念一想，这事说出来也无济于事，便也作罢了。

《乐蜀》——目前我正执笔的单行本最终回的漫画主人公就叫岬。

不过眼前的小岬，与我漫画中出现的女主人公的风格截然不同。

反倒是更像是我年轻的时候。

那如同小男孩般的单薄身形，毫无女人味的爽朗气质，与当年的我简直如出一辙。

"然后，他叫……"

小岬看向站在我身边的男孩。"他叫木……内……一……雄，木内一雄。"

她抬头仰望天空，把食指抵在唇瓣上，好像现在才刚想起男生的名字那样介绍道。

我看向少年一雄，他朝我笑着点了点头。

"你们都还是高中生吧。是情侣吗？"

听我这么问，小岬用手捂住嘴巴，一脸滑稽地笑了起来。

"才不是呢。"

小岬微微摇头。

"那你们是兄妹？"

"这个答案还有点接近。"

说着岬分神瞄了一雄一眼。

"他是我的叔叔，我是他的侄女。"

"是这样的呀。"

一雄点头在沙滩上坐下。

两人看起来年纪差不多，但小岬是侄女，一雄是叔叔，那么一雄就该是小岬爸爸或者妈妈的弟弟了。

"我们俩在这儿休息一会儿，你去挑战一下寻宝吧。"

小岬单手握拳，示意鼓励我去寻宝。

我避开刚才一雄走过的地方，往别的方向迈开步伐。

随意地决定了寻宝的范围开始行动，我打算找个三十分钟或一个小时，如果什么都没有的话那就放弃。

提着金属探测仪，让圆盘悬空在沙滩上几厘米走动，比我想象的要辛苦些。

金属探测仪本身就比看上去要重得多，只是拿着的话还好，但要提着它保持一定高度来回悬空晃动，那就是件相当耗费体力的活了。

我平时都坐着工作，也没特别去做什么运动，马上就腰酸背痛起来了。

来回在沙滩上走动，偶尔回头望去，只见一雄正枕在小岬的腿上，在野餐垫上小憩。

他的脸上盖着毛巾。大概是正觉着累的时候我刚巧出现，所以便决定休息一会儿吧。

把腿借给一雄当枕头的小岬注意到我的视线，朝我轻轻挥手。

这一幕温馨的情景令人打心底里不由得会心一笑。

忽然想起，如果我二十多岁的时候生了孩子的话，那孩子现在也该和小岬一般大了吧。

我这辈子只顾着画漫画，耽误了自己的终身大事，也失去了拥有孩子的机会。

从年纪上来说，我不会再有见到自己孩子的那一天了吧。虽然我没能成为一名母亲，但妈妈看到我的心情，和我现下的心情会是一样的吗？我立志要成为一名漫画家，高中退学的时候，妈妈又是怎么想的呢？

我正出神地想着，突然手边的警铃响起。

慌忙看向金属探测仪的显示屏。屏幕上显示地里埋有某种金属的符号在闪烁。

我在那块区域探索，找到了一处探测仪反应最大的地方。

随即关掉金属探测仪的电源,把它放在沙滩上,伸出双手,扒开被太阳晒得温热的沙子。

但是怎么也挖不到目标金属。

也许我不该太贪心,把探测深度设得那么高。如果那个金属物在地下几十厘米的话,就算是在海岸边柔软的沙子里面,把它徒手挖出来也是项大工程。而且,到最后挖出来的是啤酒盖子还是果汁易拉罐都不得而知,一想到这儿,我忽然有些心灰意冷。

即便如此,我还是继续挖了下去。时不时停手再度启动探测仪确认反应位置,确保自己没有挖错方向。

跪坐在沙滩上挖出了好几个颇具规模的小沙山后,沙子中露出了一个类似金属物品的小物什。

我伸手把它拾起。

小东西的大小正好能放在掌心。

拍掉覆在上面的沙子,又用小手指的指甲刮掉嵌在细缝里的沙粒。

只见眼前这只动物浑圆的身体前后有四只像海龟一样的鳍足。长长的脖子前端长着像蛇一样的小脑袋。

这无疑是长颈龙的金属模型。

不,与其说是模型,它更像是个装饰品吧。

我把它放在掌心掂了掂,小东西虽然个头不大,但颇有分量。

不知道是黄铜还是别的什么做的,就它的重量而言,里面应该不是中空的,而是一整块的金属。是铸出来的吗?

我把这个长颈龙翻来覆去地端详了好一阵,心里一阵欢喜。

这还真是寻宝活动。这个黄铜的长颈龙值不值钱我不清楚,但能凭借自己的力量从沙子里把它挖出来,让我如孩童般兴奋。

走到潮起潮落的海边,就着涌来的海水,把还有些脏的长颈龙模型冲洗了一下。

突发奇想地把长颈龙放在潮涌的海边,或许是因为模型本身分量十足,两三次潮水冲刷后,它就被埋在了沙子里。

我再次把它从沙子里捞起来,冲洗干净。

"有什么发现吗?"

身后传来一句问话。

小岬不知何时已经来到我的身后。她抱着双腕,视线越过我的肩头看着我的手边。我站起身来,把用潮水清洗干净的长颈龙装饰品给她看。

小岬发出"啊"的一声,眼睛瞬时闪闪发光。她从我的手上接过长颈龙,放到阳光下,仔细端详。

"真漂亮!不过,这是什么动物?"

"一定是长颈龙。"

"那是一种恐龙吗?"

"嗯。"

"可它没有脚,倒是长着鳍足。"

"这种恐龙就是这样的。因为它住在深海里。"

"哦——"

小岬心悦诚服地点了点头。

望了眼挖出长颈龙的那块沙地，沙山边放着的金属探测仪已经不知所踪。扫视四周，原来一雄又拿起它，在之前那块地方再度找起了宝藏。

"呐，还给你。"

小岬把黄铜的长颈龙重新放回我的手上。

"我真的可以收下吗？"

我一边收着一边问道。

"为什么不能收？谁找到的就是谁的。"

小岬云淡风轻地回答道。

我双手捧起长颈龙，仿佛拿着一件十分贵重的珍宝。

"谢谢你。我玩得很开心！"

听我这么说，小岬莞尔一笑。

"我们常来这里的，要是看到我们，就再找我们玩吧。"

我点点头，说了一声："一定会的。"便告别了小岬，往昏迷交流中心的方向走去。

走到一半，蓦然回首，两人已经不知所踪。

空无一人的沙滩上，只有静静的海浪，翻滚涨落。

我看着掌心上的长颈龙金属模型，心想自己和长颈龙还真是有缘。

小时候，我和妈妈还有浩市三个人去井荻外公的拉面馆时，就画过一幅长颈龙的画。那时，外公一口咬定这世上绝对没有这种恐龙，还用签字笔在长颈龙身上涂上了拙劣的腿。

嗯，就把这长颈龙的模型放在我工作室的桌上做装饰吧。

回头去杂货店什么的买一块布头的杯垫，把长颈龙放在上面，看上去一定很可爱。

我兴高采烈地回到昏迷交流中心，凭参观证回到候诊室。没过多久就来了一位护士，她通知我浩市和仲野泰子的精神交流已经结束。他们的精神同步好像比想象中进行得要顺利。

不过，第一次和浩市进行精神交流的仲野泰子女士，好像这时候身体非常不舒服，直犯恶心。

我大致可以想象出泰子女士反胃的理由。

浩市一定又是用自杀的手段，单方面终止了与泰子女士的精神交流。

我也有过好几次这样的经历，有时浩市还会用非常极端的方式自杀。

在梦境与现实边界模糊的高层次精神交流中遭遇这样的场景，会给精神交流的当事人带来与亲眼目睹同样的精神伤害。

听护士说，仲野泰子离开精神交流室后，被送去内科接受医生的检查了。因此精神交流后的例行会议，也得等她身体恢复以后才能进行。

"这个……"

护士畏畏缩缩地把手中的瓶装茶饮料递给我。

"如果您不介意的话，请收下。"

"啊，好的。谢谢！"

我收下饮料，打开盖子。

护士目不转睛地看着我喝饮料的样子。

我正觉得奇怪，对全然没有想要离开房间的她问道。

"有什么事吗?"

"那个……我从中学开始就一直是老师的粉丝。我也,那个,也想成为一名漫画家。还用老师作品的角色做过同人志……"

我心中不禁咋舌。

这才注意到,这位护士应该就是之前和我打招呼的那个。就是那次我在去精神交流室的路上把我叫住的那位护士。

"如果可以的话,我稍后把画纸拿来,您能给我画点什么吗?"

想得也太美了吧!在如此私人的场合,要求我画彩页实在太强人所难了。

这个机构的员工到底接受的是什么样的培训啊?原以为这里应该是最需要重视患者及其相关人员个人隐私的地方。

我不置可否地勉强对她挤出微笑,她扭扭捏捏地傻站在对面。

"诶?武本护士。你在这里干什么?"

边问边进来的是榎户。

"你今天不是负责这里的吧?"

被点到名的武本,缩了缩肩膀看向我。

我不喜欢被她当作朋友,也没有想要和她亲近的意愿,所以当下避开了她的眼神,转而望向窗外。

"请回护士站,做好你的本职工作!"

榎户一脸不耐烦地训道。

"刚才真的失礼了。"

武本言不由衷地道歉后，轻轻低头致意，转身离开了房间。

"和小姐，听说您是个漫画家？"

待到武本出去以后，榎户开口说道。

"呃——姑且算是吧。"

"我对漫画不怎么了解，您好像很受欢迎。"

"什么？"

我不明白榎户到底想要表达什么，木然回应道。

他从会诊室的大桌子里拉出电线，与带来的笔记本电脑终端连接。

"真不好意思。我会警告她下不为例的。好像她最近才知道和小姐的弟弟也在这里住院……"

他好像是在说之前那个叫武本的小护士。

"您无需回应她的任何要求。那个护士是个问题少女，没事就喜欢给人找麻烦。"

我点了点头。就算他不提醒，我也没打算和她亲近。

"泰子女士的身体还好吗？"

我向着完成终端机电脑的准备工作，正看着屏幕移动鼠标的榎户问道。他停下操作着鼠标的手看向我。

"应该没什么问题吧。只不过……"

榎户皱起眉头。

"虽然我事先提醒过她……"

"浩市最后还是自杀了？"

"嗯，正如您所料。"

榎户点了点头，视线回到屏幕上。

"那个，今天的那位……泰子女士？她说她和您弟弟生前是认识的。"

"生前？你这话说的，好像他已经过世了一样……"

他这说法实在太过失礼，我抗议道。

"啊，抱歉。是我失言了。我想说的是，在您弟弟自杀未遂之前……"

"你不用刻意再重复一遍。"

我刻意控制自己的情绪，避免自己的不快显露在脸上。

"一般来说，在不是亲人的情况下，要与患者成功地建立第一次精神交流需要多次的反复尝试。但泰子女士从一开始就能和浩市共享对话和图像。"

榎户也没有打怵，用他一贯的令人昏昏欲睡、慢条斯理的口吻开始了我们的对话。

听着榎户的声音，我回忆起自己第一次和浩市进行精神交流时的场景。

我和浩市最初的精神交流并没有达到很高的层次，无法共享彼此的对话和图像。那时的精神交流仿佛像是在做一个暧昧模糊的、被打了马赛克的梦，虽然一切都是那么蒙眬，但却能真切地感觉到梦境中不只有我，还有另一个人的存在。

第一次从精神交流中醒来后，我和绝大多数的初次体验者一样，产生了严重的头晕目眩和反胃想吐的症状，之后的好几天都摆脱不了头痛、眩晕。

——那简直就像《庄周梦蝶》一样啊。

当我渐渐开始习惯通过 SC 交感器建立的精神交流时，杉山先生这么对我说。

"这可不是什么浪漫的事情。虽然感觉好像是在做梦，但事实上确实如此。"

"啊，是这样的么。"

杉山坐在床头抽着烟。

那是在我仍是新人时期租的单间公寓。房间的角落，靠墙放着廉价的单人床。

"我弟弟是以自己的本来面貌出现在精神交流里的。"

"还有不是这样的情况吗？"

杉山悠悠地把烟气从鼻子呼出，随手把烟屁股按进旁边桌子上放着的烟灰缸里。

这个烟灰缸是我为了老烟枪的杉山先生，专门准备的。那时我还没有抽烟的习惯。

"好像很多人都不是那样的。听昏迷交流中心的技师说，有的老人会以年轻时的样貌出现，很多孩子还会借用动物或者动画片里的角色。以自己本来面貌出现的患者，其实非常少见。怎么说呢，那感觉既像梦，又不是梦……"

"和小姐？"

忽然听到榎户的叫唤，我回过神来。

"我刚才说的话，您听到了吗？"

环顾四周，一切都没有变化，还是昏迷交流中心的会诊室。

我使劲地摇头，用指尖按摩着眼角。

又来了。

"对不起,刚才想些事情,走神了……"

"没关系,也什么大不了的。后面的内容就等泰子女士来了以后再说吧。"

榎户说着,关上了笔记本电脑。

十几分钟过后,泰子女士在护士们的陪伴下走进了房间。她用手帕捂住了嘴巴,脸色苍白,脚步虚浮,看上去很不舒服。

"您还好吗?"

我站起身来,示意泰子女士快在另一个空座上坐下。

"还好。就是有点反胃而已。"

她强颜欢笑道。

榎户问同行的护士。

"情况怎么样?"

"医生给她开了药,刚吃下去。"

"真的没关系的。"

泰子女士说。

我和榎户面面相觑。我先坐回椅子,榎户再度打开已经进入休眠状态的SC交感器的终端电脑。

"那个,您感觉……看来我这话也是明知故问了。"

"我吓了一跳。没想到那会这么真实。简直就像是和浩市先生本人见面那样……不,应该说是,我亲眼见到了浩市先生……"

"你们确实是见面了。只不过是通过SC交感器,在精神层面上。"

榎户漫不经心地说道。

"由多加的疗程并没有那么真实。他的精神交流更加抽象,洋溢着温暖的幸福感。"

听到泰子女士的话,榎户点了点头,看着终端机器的画面操作起了鼠标。

也许他是在看仲野泰子和她儿子由多加以前在这个昏迷交流中心进行的疗程记录。

"梦境对于做梦的人而言,有时是非常真实的。SC交感器所建立的精神交流在某种程度上与梦境非常相似。不过,浩市先生在疗程结束的时候……"

"自杀了。"

榎户还没把话说完,泰子女士就插嘴道。

"他把手枪抵在太阳穴……"

那大概是我之前和浩市精神交流时一样的桥段吧。

用塞林格小说中出现的奥其斯牌自动手枪。

"正如疗程前我告诉您的,和浩市先生以前自杀未遂。当年由于脑部受到重创而成为了植物人,因此才会来我们机构进行昏迷交流治疗。"

"嗯。"

泰子女士点了点头。

"浩市先生至今仍然抱有强烈的自杀倾向。所以和他人进行精神交流时,也会以自杀的方式单方面终止精神交流。我之前已经提醒过您相关的注意事项……"

"嗯。但这跟亲眼目睹还是两码事……"

"这倒也是。我明白您的意思了。"

"那个——"

我鼓足勇气加入对话。

"怎么了?"

"以前我弟弟提到过《香蕉鱼》这个作品……"

"香蕉鱼?"

榎户一脸诧异地反问。

"那是什么?"

"是一个叫塞林格的作家写的短篇小说。"

我解释道。榎户竟然对此一无所知,有点出乎我的意外。

"不好意思,我对文学什么的一点都没有兴趣。"

榎户嘟嘟哝哝地解释道。

"塞林格有一部作品就叫这个名字。小说里的主人公最后自杀了……用的也是手枪。"

"诶——为什么突然说起这个?"

榎户意兴阑珊地问道。

我忽然有种自己所说的完全是天方夜谭的感觉,有点不好意思地低头道。

"按照我弟弟的说法,那个小说的主人公会自杀,是因为他想知道自己所在的世界是否真实存在。"

"原来如此,这倒是挺有意思的。难不成,这就是你弟弟自杀的理由吗?"

"我想……大概是吧。"

我小声答道。

榎户的视线重新回到了电脑终端的屏幕，此时开口的是泰子女士。

"那是《九故事》其中的一篇对吧。"

"诶?"

我朝泰子女士看去。

和刚才相比，她的脸色好转了不少。

"塞林格的……"

"啊，是的。您读过吗?"

"嗯，读过。由多加也读过，他很喜欢。"

"是吗?"

"和小姐?"

看着电脑终端画面的榎户，忽然开口道。

"您弟弟是在哪次的疗程里提到《香蕉鱼》这篇小说的?"

"是前两、三次的时候……"

还记得那天的结局令我非常不舒服。SC交感器联系着我们彼此的意识，在那里我仿佛就像《庄周梦蝶》中的庄周，忘记了自己还在精神交流，在类似自家起居室的场景中见到了浩市。

浩市站在起居室中央，当着我的面开枪射穿了自己的脑袋，鲜血与脑浆飞溅，整个房间一片狼藉。

"这就奇怪了。"

榎户频频移动鼠标感叹道。

"我这边的记录里，并没有显示你们在精神交流中有过这样的对话啊?"

"怎么可能……"

"为了确保没有疏漏,我还回溯,调出了更久之前的疗程记录,但还是一无所获。"

榎户斩钉截铁地说道。

精神交流的内容事无巨细都会被细致地记录下来。像我和浩市这样高度拟真的精神交流更是如此。我们说过的每一句话,理应都会被一五一十地记录在案。

此外,由于调阅这些备用数据需要巨大的运行空间,因此如非必要,一般并不会调取。但所有精神交流的内容都有保存记录,所以第三方也可以看到其内容。

不管怎么样,榎户身为我们的神经工程技师,在操作MM控制台监视我和浩市的精神交流过程中,对疗程中的绝大部分内容,应该和我一样了如指掌。尽管如此,榎户却对我和浩市精神交流中的这段对话完全没有印象,这件事本身就已经很不可思议了。没想到连记录都荡然无存,实在是令人匪夷所思。

"真奇怪。难道是记错了……"

榎户也是一副百思不得其解的表情。

"不过,这也不是没有可能。说不定是弟弟自杀未遂之前说过的。"

没有反驳地顺势回应,是因为我觉得如果再刨根问底追究下去的话,会发现令人心生惧意的可怕答案。

脑海中,再度浮现出那一幕——一望无垠的南部大海,石滩上插着一个挂着红布的竹竿。

——这里是危险地带,不要靠近。

以前,相原医生说,那也许是危险的象征,代表着警告。

"相原医生在吗?"

忽然有人敲门,那人没等有人回应就擅自把门打开了。

来人是刚才那个叫武本的护士。

"相原医生,是在这儿吧?"

榎户一脸不胜其烦的表情看向站在门口的武本。

"她不在这儿。去别的地方找。还有,开门前要先敲门等有人回复了再……"

不知为何,武本直勾勾地盯着怏然不悦的泰子女士。

"你怎么会在这里?"

泰子女士低喃。

气氛顿时变得十分诡异。

难道这两人在由多加君住院的时候见过面?

榎户一脸不快地对着站在门前的武本训斥道:

"出去!今天相原医生没有参加疗程跟进会议。你现在的行为对患者家属非常失礼。回护士站做好你的本职工作!"

"抱歉,刚才是我失礼了。"

武本很受伤地答道,随即用力摔上门走了。

"这算什么啊,真是的。"

榎户自言自语地嘀咕道。

泰子女士好像又犯恶心了,取出手帕捂住嘴巴。

"我们先休息半个小时,然后再沟通今天疗程的内容吧。"

榎户稍显焦躁地说。他有些粗暴地敲下桌上电脑终端的键盘关机,旋即站起身来。

"真对不起。我会严重警告她的。"

他把夹着文件的板夹置于腋下，大步流星地走出了房间。

这给我一种似曾相识的感觉。我以前似乎也有过同样的经历。

"这……"

我一不留神把心中所想说了出来。

"嗯？怎么了？"

用手帕捂住嘴巴泰子女士抬起头来。

"是叫似曾相识吧。我好像以前也有过这样的经历……"

泰子女士沉默不语。

"难道是我多心了？"

房间里只剩下我和泰子女士两个人，我心中一阵纷乱，对她说。

"您和浩市都谈了些什么呢？"

泰子女士把头侧向一边，对我微微一笑。

"嗯，我们谈了他小时候的事……"

"小时候？"

"在西武线沿线开拉面馆的外公，还有锵锵虫是什么之类的事。"

这些事我倒是还有些记忆。

"他对你说了这些事吗？"

"还有，他说他画了一幅长颈龙的画送给外公做礼物。"

我想起刚才在昏迷交流中心附近的沙滩上，捡到的黄铜长颈龙。

"是有这么一回事，不过……"

结果那时无知的外公一口咬定这世上绝不可能有这样的恐龙，用魔术笔涂上了拙劣的脚。

"浩市先生是这么说的。"

泰子女士打断了我的话，定睛望着我说：

"他说，我完美的长颈龙被破坏了……"

窗外西湘的大海一望无际，只见一头巨大生物的鳍足拍打着浪涛划过水面。

我不禁站起身来，呛呛跟跟地朝窗口走了两三步。

"淳美小姐？"

泰子女士叫唤我。

我把窗户敞开。

强风夹带着潮水气息，与国道来来往往的车流声，一下子从窗外急涌而进。

我紧紧抓住窗沿，探出半个身子，试图捕捉刚才眼角瞥到的生物。

午后的阳光洒落在海面上，波光粼粼，五彩缤纷的滑浪风帆帆板在波涛之间起伏摇荡。

紧紧闭上双眼，用指甲使劲按住眼睑。

我告诉自己，刚才我一定是把那些帆板中的一个错看成了鳍足。

一定是我看错了。

10

"老师,您看这样行吗?"

看到真希拿来的彩页,对于完成度如此之高的作品,我唯有为之感叹的份。

"抱歉。那么久没见,一来就让你做这么无聊的工作。"

"您太客气了,只不过是举手之劳罢了。"

真希笑盈盈地回答,转身回到自己的座位。

嗯,这样的话就没问题了。

这张画不管从什么角度看都毫无破绽。

我从桌上的笔筒里拿出魔术笔,在真希用 COPIC 马克笔精心上色的彩页插画边,利落地签上了自己的名字。

那天昏迷交流中心的跟进疗程结束后,我原想开车送泰子女士去车站,但她婉言谢绝了。

见她叫了一辆出租车,我便起身离开了会诊室,一个人搭电梯去正门。

就在电梯门将要关上的瞬间，冲进来一个人，定睛一看，原来是那位名叫武本的护士。

"哦，太棒了！刚刚好。"

跑得上气不接下气的她手上拿着一大张彩稿用纸。

"啊，不好意思。这是我之前拜托您的……"

榎户究竟是怎么严重警告这个孩子的。

我心中一阵烦躁，但还是对武本投以微笑。

"你找我有什么事吗？"

"我刚才不是和您说过，想请您帮我画一张彩页嘛！"

毫不客气地把话说完，武本把彩页推到了我面前。

我无可奈何，只得收下了。

"啊，还有。"

武本从白大褂的口袋里取出了一张纸条。

"插画麻烦您画彩色的。至于想要的角色和构图，我已经详细地写在这张纸条上了。"

看到伸到眼前的纸条，我心底又是一阵烦躁。

就算是编辑也不会这么明确地指定要画什么，她居然把对角色的表情、发型、服装的要求都非常仔细地写了下来。

而且她想让我在没有设定情节的作品中，画出男性角色互相拥吻的耽美插图。

"这有点……"

我忍无可忍，正想拒绝她，只见身材娇小的武本正满面潮红，双眼莹润，闪烁着期待的光芒抬头看着我。

"您下次来的时候，给我带来就可以了。"

电梯停了。

护士站就在这一层,在我试图要说些什么之前,武本就下了电梯,转眼就一溜烟地消失在了走廊的尽头。

看着手中的彩稿用纸和纸条,我不禁轻叹一口气。

居然还有截止日期?!

真是麻烦上身。算了,到时候就让真希画吧。

嗯,就这么定了。反正她也看不出来。

这便是我手上这张彩色插画的由来。

真希完美地呈现了武本纸条上的诸多要求。

即便是我自己也画不出这么完美的效果。

"我说,真希啊。"

我出声招呼真希,她正利落地收拾着助理桌子上散乱的几十只马克笔,还有其他作画用的道具。

"你最近不是应该很忙吗?"

"嗯,有点。"

"听泽野说,问卷调查的结果相当不错呀。"

真希露出了不好意思的表情。

"嗯。多亏有您的指导。"

"他还说,你现在要同时进行后篇的原稿,和杂志连载会议用的分镜稿。"

"后篇的原稿,我大概一周前就已经交稿了。"

截止日期还早着呢,居然这么快就交稿了,我有点吃惊。

"还有,那个——"

真希有些拘谨地开口。

"杂志上的连载已经通过了。"

"诶——真的吗?"

我不禁大声叫道,真希一脸头疼地耸了耸肩。

"你为什么不早说?"

"还不是我一来老师就把彩页塞到我手里,说这是件棘手的麻烦事,就拜托你了。"

我看了眼随手扔在桌上的彩页。

"啊,对不起,是我不好。"

"所以我正巧工作也告一个段落,又突然很想见老师您。"

"是吗……这真是太棒了呢。"

我很想一股脑地对她说出衷心祝福的话语,但坦白讲,心底还是有点五味杂陈的。

没想到真希的作品会如此迅速,一帆风顺地获得杂志的连载权。

漫画杂志的页数是有限的。因此新连载的开始,反过来说也就意味着其他作品的被迫终止。

像目前这种情况,很明显是我的漫画终止连载的空当,被她填了上来。

真希心里必定是十分雀跃的,但她还是按捺住满心喜色,没有表露出来,或许就是因为顾虑到我的感受吧。

"我说真希啊,你还记得吗?"

我笑着对真希说。

"您说的是?"

"我们以前说过,如果你成了人气漫画家,那我就做你的首席助理。"

这是以前我和真希说的玩笑话。那时真希还很随性地反驳我，而现在的她则俯下身子，留下一声"嗯"的无力呢喃。

"今天也没什么其他需要你帮忙的事了。要不，你就忙你自己的事吧。"

"啊，好的。谢谢老师。"

真希抬起头来。

"对了，今天晚上泽野约我吃饭。"

"是吗。是庆祝吗？"

"嗯，算是吧。所以如果您方便的话，也一起来吧。"

"那我可就不掺和了。"

虽然我也没有什么特别要做的事情，但还是推托了。

"这是你们两个人一起努力的结果不是吗？难得有机会就两个人单独庆祝吧。"

"可是——"

"没关系的，你放心啦。泽野虽然看起来不靠谱，工作能力还是有的。人也很正经，就算和他一起去喝酒，他也不会对你动手动脚的。"

我揶揄道，真希终于露出了一丝微笑。

"漫画家和编辑要是真发展成那样的关系，后面可就麻烦了。"

边嘴里喋喋不休地唠叨着，边回到了自己的桌子前。

视线不经意地落在桌角布制杯垫上的长颈龙模型。

"我说，真希啊。"

心底忽然冒出一种莫名的生疏感，我伸手拿起那个长颈龙。

"这个装饰物，是什么时候开始放在这里的？"

这应该是前几天，我用在昏迷交流中心附近遇见的两人——小岬和一雄借我的手持金属探测仪从沙子里面找出来的。

然而，我现在怎么有一种它已经放在这里很久了的奇妙错觉。

"这难道不是老师您自己买回来的吗？"

真希愣愣地回道。

"是我弄来的。但不是买的……"

我把长颈龙的模型归复原位。

"真希，你今天是要和泽野见面对吧。"

"嗯。"

"那你帮我跟他说，单行本用的分镜稿已经基本完成了，我要休息四五天，出去一趟。"

"您这是要出远门吗？"

"嗯。之前泽野不是劝我出去放松放松嘛。我想一个人出去旅行，调节下心情。"

其实这只不过是我此刻的突发奇想。

"嗯，真不错。您这是要去哪里呢？"

"南方的小岛。"

"你是要去大溪地，或者斐济吗？"

"怎么可能。国内旅行啦。我会去比较近的地方……不过，对我而言，那是比大溪地、斐济更加遥远的地方。"

听我这么说，真希一脸不解地把脑袋偏向一侧。

在鹿儿岛机场换乘国内航班。双翼都有螺旋桨的五十人小型客机就地起飞，一路上放眼望去，被珊瑚礁包围的小岛星星点点。飞机航行了一个小时左右后抵达小岛。

岛上的机场与我记忆中的风景，已然发生了翻天覆地的变化。

飞机降落在机场跑道缓缓滑行时，可以从螺旋桨飞机的窗口望见虽是平房，但却十分气派的钢筋混凝土候机楼。

踩着阶梯从螺旋桨机下来，我向机场候机楼走去。

东京已经临近不穿外套便无法出门的初秋，但这里却还沉浸在犹如初夏的凉爽中。

我脱下外套，穿上防止晒伤的护袖，戴着宽沿帽子，还准备了防紫外线的太阳眼镜。在这儿，也就我一个人这样全副武装。

本来乘螺旋桨机来这里的人就不多。再加上现在又不是观光季节，因此除我以外的十几个乘客，不是岛上的居民，就是岛民的亲戚。

在候机楼领取行李，走出飞机场，眼前是一个说不上大的停车场。

其他乘客都坐进前来迎接的车子，离开了飞机场。

临时停车点排队停着好几辆看似空闲的出租车。从螺旋桨机下来的客人中，直奔那里的也就只有我一个。

我联络上现在已经疏于联系的母亲家的远房亲戚，问到了"猫家"的位置所在。

不管怎么说，自孩提时代后我就再也没有来过这里，脑中的各种记忆实在混沌不清。

听说猫家的房子现在无人居住，路边的围墙已经破败，庭院也一片荒芜，不过屋子本身倒还是安然无恙地立在那里。

他们说钥匙在邻居家，平日里就是花钱拜托他们管理的。还告诉我，如果我乐意的话，还可以在那儿过夜。面对一个没电没煤气没水的房子，我孤身一个女人怎么可能会想要在那儿"露营"？因此我预约了位于机场相反方向的，渡船港口附近的家庭旅馆。

坐在泛着霉味的出租车后座，我并没有要中年司机开去家庭旅馆，而是让他驶向猫家附近的地址。司机也因此察觉到了我并不是普通的观光客。

"你是岛上的人？"

我正出神地望向窗外流逝的甘蔗地风景，不经意被司机问了个措手不及。或许他是想配合我用普通话与我交流，但还是听得出浓重的地方口音。

"不是。不过，我很久以前来过这里。"

"那么，你是有亲戚在这里吗？"

"嗯，算是。小时候有很多，现在的话……"

司机似乎是个话唠，自那到猫家附近一路上就没消停过。

他说自己虽然年逾花甲，但从岛上只有两辆出租车开始，就一直握着方向盘了。

绕岛一周只有六十公里。海岛虽小，即便全部走遍也花不了半天的时间，但如果您有兴趣观光，我可以为您带路，说着他非常热忱地递给我一张名片，招揽起了生意。

说不定，很久以前我们一家来岛上的时候，就是乘这个大叔的车去猫家的。一想到这里，往日的记忆如潮水般涌入我的脑海。

母亲坐在副驾驶的位置上，看着地图，指挥司机行驶的方向。

我看到甘蔗地远处有一些建筑物，屋顶上的烟囱冒着袅袅白烟，便向司机打听那是什么，他告诉我那是砂糖精制工厂。

浩市还小，坐在父亲的膝头。每当他在车外交错流逝的风景中看到波光粼粼的大海时，都会兴奋得手舞足蹈。

原始的乡间小道并未怎么修葺，再加上车子的减震功能可能也不太灵光，因此一路上车子左摇右晃，不停颠簸。

父亲罕见地穿上了休闲风的夏威夷花衬衫，颠簸的车程总会让他的黑框眼镜错位，于是每次他都一脸不耐烦地把它推回原位。

坐在散发着霉味的后座中央，我闭上双眼，任身体如同当年一样，随车摇晃，莫名地落下泪来。

那次旅行，最终成为了我们一家最后一次的旅行。

没有人预料到会有那样的结局。那个夏日，我和浩市恣意畅想着即将到来的欢乐与惊喜，各式各样的冒险与发现，满心期待着马上就能体验到的快乐。

破败的石墙间,记忆中的入口石阶蜿蜒而下。

羊齿等植物茂盛繁密,明明艳阳高照,可通往猫家主宅的石阶尽头仍是昏暗一片。

我留心着不被青苔滑倒,踏上石阶往里走去。

不经意地抬起头,便可看到头顶的羊齿树叶间,黑黄条纹的女郎蜘蛛正结网以待。

以南国澄澈碧蓝的天空为背景,蜘蛛网仿佛就如剪影画一般跃然纸上。

女郎蜘蛛蓄势以待,等着猎物自投罗网。

再仔细点看,便能发现这里到处都是蜘蛛网。

小时候还不把它们当一回事,现如今看着心里却有点发毛。我捡起身边掉落的枝条,一边扫落着眼前的蜘蛛网,一边前进。

依稀可以看见远处上了一层深褐色防锈涂料的仓库铁皮屋顶、用墙泥灰加固的红砖瓦葺的破旧主屋,还有晴彦叔叔后来搭起来的新型平房的房顶。

正如亲戚们说,猫家的庭院一片荒芜,杂草丛生,要是贸然来访的话,我都会以为自己闯进了废墟。

我从口袋里取出手帕,擦拭着脖颈上的汗水。

天气并不那么热,但腋下和胸前却已经湿了一片。一身黏腻很不舒服,但现在也只能忍到入住家庭旅馆以后再洗澡了。

我去帮忙看房子的邻居老奶奶家打了招呼,取回了钥匙。心想先把背着的行李放下,于是便在三栋房子之中,选择了看上去最像样的新型平房作为自己的休息落脚点。

之前在鹿儿岛观光的时候，去温泉胜地住了一晚，今天一大早就搭飞机来到了这里。

此外，离日落还有段时间。我打算让主屋和平房透透气，如果时间充裕的话，再做一些简单的打扫工作。

明天计划去寻找我和浩市溺水的那片石滩，而后就随着我的记忆，在岛上随处逛逛。

拿出钥匙，站在平房的门口，我把钥匙插入移门的钥匙口。

吱呀吱呀地推开移门，平淡无奇的玄关与台阶映入眼帘。步入其中，尘土轻扬，带起一阵瘴气。

屋廊另一侧的铝制雨窗全部紧锁，整个房间略显昏暗。不知道是打哪儿钻进来的，房间的天花板角落和墙角间盘踞几只女郎蜘蛛。

我把行李放下，依靠着邻居家借来的手电筒的灯光，把所有的雨窗和移门都推开。这里一共只有四间房间，不一会儿就完工了。

室外的阳光进入房间后，便可看到榻榻米以及上面覆盖的灯芯草垫上沉积的薄薄尘埃。

我之前料想是如废墟般的破败场景，到了实地反而到觉得有些失望。现在这种薄尘轻染的状况，也仅仅是房客久未归来的程度。

看来亲戚委托的这家邻居，一直都有定期来打扫。多亏了他们那么勤勤恳恳的看护，所有的房间都没有什么特别需要修整的地方。待会儿离开的时候，得再去拜访一下，好好答谢人家。

回到放置行李的房间，我从背包里面拿出装有矿泉水的塑料瓶，畅快淋漓地一口气喝掉了大半瓶水。

随后，稍微犹豫了一下，我决定换下衣服。

虽然对外的移门都被我打开了，但因为庭院里的杂草长得跟人一般高，阻断了外界的视线。

况且猫家本身就建在远离道路的低洼处，周边也没什么人，因此虽有艳阳高照，却无被人窥看的危险。

褪下衣物，只剩一条内裤后，我从包里取出洗得已经褪色的Ｔ恤和牛仔裤换上。怕房间里的灰尘附着到换下的衣服上，又小心翼翼地把它们折叠整齐，放回包里。

换上一身弄脏了也无大碍的衣服后，我突然想在这里躺下小憩一番。

不适应的飞机旅行让人紧张疲惫，马不停蹄好不容易奔波到此，也算放下了心中的一块石头，心情也轻松了不少。

我把塞满行李的背包当作枕头，在没有任何家具、空空如也、六块榻榻米大小的房间里，四脚朝天地平躺了下来。

屋子里穿堂而过的清风舒适宜人。

我就这么闭上了双眼。我们一家来岛上时，猫家除了晴彦叔叔，还有他的夫人和三个女儿，以及年逾九十岁的妈妈的外婆，也就是我的曾外婆。

主屋有着旧式住宅惯有的泥地房间，有灶头和厨房，一间家人们其乐融融用餐的大房间以及烧柴火煮洗澡水的浴室。那时住在主屋只有晴彦夫妇和曾外婆。

晴彦叔叔的三个女儿，也就是母亲的侄女们，住在平房各自独立的房间，而临时来探亲的我们便在那余下的一间住下了。

那时三姐妹中的长女在岛上的城立高中上学，两个妹妹还是中学生。听说她们从岛上的高中毕业后都去了神户附近的护士学校，毕业后在医院上班，据说都结婚了。母亲死后，我和她们也就断了来往，现在她们身在何处，近况如何，我一无所知。

我们一家来到岛上的那个夏日，三个姐姐忙于作业和兴趣小组活动，都不怎么乐意来招呼还很年幼的我和浩市。

猫家的人们，如今真的是天各一方了呢，我不禁在心中感叹。

这里的房子，现在还能看看，但长久无人居住，迟早会腐朽破败，慢慢消失的吧。

我没有孩子，但妈妈的三个侄女们可能都已经结婚生子了，随着世代的传承，小岛一定会在大家的记忆中慢慢消逝。

过去，位于这个国家一隅的小岛上被称之为"猫家"的赤贫一族，终有一天也会成为被所有人抛之脑后的回忆。

夏天早已过半，却仍能听到远方的蝉鸣。

闭目躺下，感觉时间的流逝变得愈发舒缓。

心如止水。

但再这么悠闲下去的话，说不定真要睡着了，我随即站起身来。

拨开杂草，走向主屋另一侧的仓库。和主屋与新型平房相比，仓库的木板墙已经完全脱落，铁皮屋顶的一部分也已经脱落，只有柱子和横梁之类的骨架依然健在。

仓库边长着一颗足以覆盖整个屋顶的巨大榕树。

我记得这棵榕树。那时，我非常喜欢的漫画里，出现过一个叫做榕树精的妖怪。

据说如果在树根堆起沙山，把山顶刮平，放上镜子，再做出小小的阶梯，第二天就能在那里看到榕树精小小的脚印。

抵达小岛的那天傍晚，我在吃晚饭之前，让浩市帮忙一起在榕树下堆起了一座沙山祭坛，然后在山顶上放上了从妈妈那里借来的塑料手镜。

我十分期待看到榕树精的小小脚印，第二天清早起得比谁都早，兴致勃勃地跑去看沙山，但结果不出所料，什么东西都没有。

非常失望的我索性就用手指在沙山上画上了小小的足迹，然后手舞足蹈地大叫，"榕树精来了，他留下脚印啦！"让大人们着实一阵苦笑。

只有小小的浩市一个人真正相信了我说的那个可爱谎言。

抬头望向枝繁叶茂、郁郁葱葱的榕树，回想起过往的事情。

我告诉自己，这次果然没有来错。

至今为止完全消失的记忆，逐一从远方回到了我的脑海。

我朝仓库里窥视而去。本应覆盖在墙壁上的三夹板，不知是自然腐蚀，还是被台风侵袭，已所剩无几了。支撑房顶的柱子和横梁倒是没有腐烂，仍然屹立不倒。地上除了混凝土地基以外，都成了凹凸不平的泥地。

因此仓库里面和外面一样，疯长着跟人一般高的杂草。阳光穿过铁皮房顶的缝隙落入屋内，榕树的藤蔓也从那儿钻了进来，悬垂而下。

正如亲戚所说的，仓库的正中被杂草所埋没，晴彦叔叔务农用的小型拖拉机和引擎发电机之类的器具，都已经闲置许久，锈迹斑斑。

眼前的画面简直就像是一处古迹。

仓库的角落还留着一个置物架。生锈了的锄头、铁锹、铲子和镰刀等农具，七零八落地散落在架子和地上。

混杂在农具里的还有好几根碳素鱼竿。长柄的渔网或是靠在架子上，或是掉落在地上。不少鸡蛋似的，用荧光涂料上过色的夜钓电子鱼漂滚落在地上。

十几根靠立在那里的旧鱼竿中，有一个前端三叉的鱼叉。鱼叉上铁的部分腐蚀得非常严重，好像结痂一样浮起了赤褐色的铁锈，似乎只需稍用力气刺向某物便会折断。鱼叉手柄上包裹的淡蓝色塑料带已经彻底老化，手一抓上去就支离破碎地脱落下来。

这一定是当年在池塘用鱼毒捕鱼时，晴彦叔叔借给我们的那把鱼叉。因为只有一把，所以我得和浩市合着用。

虽然这种捕鱼的方式非常残酷，但比起用渔网打捞因为中毒而浮起来的鱼，用鱼叉刺鱼更有乐趣。

我把鱼叉放回原位，扫视着四周的泥土地和柱子。

架子木板上的钉子上挂着孩子用的游泳眼镜。

除此以外，房间里再也没有什么值得驻足观看的东西了，我转身走出了仓库。

是青凤蝶吗？两只翅膀上有两道碧蓝花纹的蝴蝶，忽上忽下，如儿童嬉闹般地从我的眼前飞过。

蝴蝶们飘然停在满是青苔的榕树根上，惬意地舒展着翅膀。

正想更近距离地观察这美丽的蝴蝶，迈步走近榕树根部时，忽然脚底传来啪嗒一声，我似乎把什么东西踩塌了。

视线落到脚跟。

原来是好似祭坛一般被人堆起来的沙山。

山顶上还放着圆圆的手镜。

"是淳美的魂精在那儿吗？"

冷不防听到背后有人说话。

"呃——"我刚出声，停在榕树根展翅休憩的蝴蝶就飞了。

彩蝶纷飞，轻扬曼舞，我的目光追随着它们转过头去。

"你可长大了不少了呢。这次出来，路上很辛苦吧。"

仓库前站着一个身材娇小的老奶奶，她后背微驼，双手负在身后，朝我的方向看来。

青凤蝶掠过老奶奶的头顶，朝着红瓦修葺的主屋房顶另一头飞去。

"啊，蝴蝶！"

远处传来小男孩的笑闹声。

接着就看到一个手里拿着捕虫网，带着红色棒球帽的男孩从主屋拐角那儿跑了出来。

浩市！啊，那是浩市！

浩市为了捕捉在主屋屋顶上飞舞的蝴蝶，拼命地挥舞着手中的渔网，上蹿下跳，但他的个子实在太小，怎么也够不着。

凝神看去，主屋前庭里满目疮痍，一个劲疯长的野草瞬时全都不见踪影。

只见宽敞的庭院正中有一口井，地上铺了薄薄的一层干白砂，里面还放养着一头山羊和几只鸡。

"是淳美在那儿吧？"

老奶奶又开口问道。

灵光一闪，我突然想起了她是谁。

她是曾外婆。

虽然小时候只见过一面，印象并不深刻，但应该不会有错。

我和浩市上岛的时候，她已年逾九十，好像是患了白内障还是别的什么病，眼睛应该是几乎什么都看不见的。

"奶奶，有什么东西吗？"

放弃捉蝴蝶的浩市，跑去问曾外婆。

"魂精迷路混进来了。"

"魂精是什么？"

"就是灵魂。"

浩市似懂非懂地点头，小小的手握着几乎毫无视力的曾外婆的手，好像带路似的拉着她往前走。

曾外婆毫无抵抗地随着他转过身去，被浩市牵着走向了主屋。

我呆若木鸡地站在原地，四下打量。

锈迹斑斑的拖拉机和发电器焕然一新，伫立在仓库中。

刚才持续不断的蝉鸣，一时间好像汹涌的波涛般喧闹起来。

我向庭院的方向走去。

没几分钟的功夫，所有的一切都面目全非了。

晴彦叔叔站在主屋的玄关前，手上拿着好几根钓竿和渔网。

他的眉发花白，脸倒是被太阳晒得黝黑。

"我说淳美啊，你刚才去哪儿了？"

说着晴彦叔叔笑了起来，满脸的皱纹都让人找不到眼睛和嘴巴。

我连忙伏下视线，看向自己的胸口。

眼前是好似搓衣板那样单薄的儿童胸部，还有绣着裙边的黄色连身泳衣。光溜溜的脚丫子上穿着儿童沙滩凉鞋。

我抬头看向晴彦叔叔，这才发现我的个子已经小到如果不抬头就看不见他的程度。

"浩市呢？"

顺着声源望去。只见母亲带着草帽，穿着清雅的淡色连身裙，站在一边。

"刚才他牵着你外婆的手往主屋去了。"

晴彦叔叔答道。

"那我去叫他吧。"

站在母亲身边的父亲说到。说完不等别人反应，他就吧嗒吧嗒地踩着沙滩凉鞋，往主屋走去。

"我们走着去海边吗？"

母亲问道，她把装着野餐垫和饮料瓶、显得十分沉重的包放在地上。

"走走也就十分钟左右。"

"有小朋友可以游泳的地方吗？"

"有很大的池塘，想要游泳的话在那儿也可以游。不过，还有更好玩的游戏哦！"

"游戏？什么游戏，什么游戏？"

我情不自禁地赶忙追问。

"到了海边你就知道啦。"

晴彦叔叔抱着的钓鱼竹竿里，有一根系着赤红色布头的竹竿。

人都到齐后，晴彦叔叔带着我们一家向海边出发。

通往石滩的路上，遍地绽放着红色的扶桑花。

穿过甘蔗、百合和花生地的田间小道，我们终于踏上了通往大海的石子坡道。这条路十分宽阔，平缓地向海边延伸。

跟在大人们身后的我和浩市，一看到大路尽头那蔚蓝的大海，还有从水平线上涌起的积雨云，马上撒开小腿一溜烟地越过大人们，不顾一切地向前跑去。

身后传来妈妈的大声呵斥——太危险了，不准跑！但此刻的我们早已浑然忘我，把妈妈的警告全当耳边风了。

穿过文殊兰怒放的宽广沙滩来到海边，眼前是一片被珊瑚礁覆盖的浅滩。石滩一直延伸至远处的海边，除去几块硕大的岩石，目光所及之处几乎都很平坦。

涨潮时这里都会沉入海中，但退潮到低谷时，海岸线后退，靠近陆地这一片区域连潮水都无法触及。

石滩上的水塘星星点点。斑驳的阳光下，有些较深的池塘从远处看过去，水面会呈现出一片青苔绿，波光粼粼。

我和浩市向最近的一个池塘探身看去。

这个池塘约五十厘米深，大小和家里的浴桶差不多。

池底是细软的沙地，里面有许多不常见到的热带鱼，它们多姿多彩，优雅地挥动着好似裙摆般的鱼鳍，安分地沉在底下。

浩市手忙脚乱地把渔网往池底伸去，鱼儿们瞬间四下逃窜，躲进了岩石下面的阴影处。

再往前走点，还有一个更大些的池塘。黑色的海胆在岩石间挥动着长刺。池底还能看见海星的身影。

察觉到我的靠近，几条鱼迅速藏身岩石之下。

从浩市手中夺过渔网，我一个劲地把网兜伸向岩石的缝隙间。正当我们试图捕捉那些藏进石缝的鱼时，大人们才陆续抵达。

我怒道，"你们真慢！"听到我的埋怨之词，他们不约而同地露出笑容。

"稍等一下哦。"

说着，晴彦叔叔叫我和浩市跟着他。他带我们去了这边最大的池塘。

这个池塘面积不小，横竖约三米宽，五十厘米到一米来深。比起其他的池塘，明显退潮留下的鱼儿也更多，其中还有些个头特别大的。

"好了，就这儿吧。"

晴彦叔叔用带来的水桶捞起池塘里的海水。然后从口袋里拿出一个褐色的塑料小瓶，打开盖子，从里面倒出一些白色的结晶体混进海水里搅开。

我和浩市默不作声地看着晴彦叔叔把水桶里的海水分好几个地方倒入了池塘里。

父亲和晴彦叔叔一头栽进了钓鱼的世界。

为了寻找更好的钓鱼点，他们径自前行，一不留神就已经走到了石滩的远处。

池塘里的鱼都被药晕了，我和浩市一会儿用渔网打捞，一会儿用鱼叉戳，玩得不亦乐乎。母亲刚才一直在身边照顾我们，现在也不知去了哪里。

看她之前一副坐立不安的样子，大概是去小便了。

她那么久都没回来，估计是找不到能避人解手的地方了吧。

我忽然意识到现在这里就只剩下我和浩市两个人，心里有些忐忑不安，于是大声呼唤远处正挥竿垂钓的晴彦叔叔和父亲，但他们好像什么都没有听到。

涨潮的波浪一点一点地向石滩内陆涌进。我和浩市身边已经被浅浅的一层海水覆盖。大浪来袭时，翻滚着白色泡沫的潮水近在咫尺。

浩市还是一门心思地玩着。我之前独占了渔网和鱼叉，直到玩得尽兴了才给他。所以他现在好不容易有机会玩个痛快了。

涨潮的速度出人意料地快。投了毒的池塘里，晴彦叔叔插好的标志竹竿不知何时已经倒下。每次潮水涌来都会随波浮起，慢慢地往远方的大海漂去。

我蹲在岩石上，定睛观赏着水桶里精神萎靡的鱼。

浩市追逐着系着红布的竹竿，一步步地朝浅滩的边缘走去。

他再走远点的话，会遇上断崖的。

晴彦叔叔警告过我们，不可以靠近海边。

我站起身来。

踌躇着是否要跟着浩市过去，但又放心不下水桶里抓到的鱼。

尽管肯定不会有人来偷这样的东西，但我那时犹豫再三，还是不愿离开水桶。

因此我决定叫大人跟去。

妈妈还没有回来。

晴彦叔叔和爸爸在远处的入海口专心致志地钓鱼，什么都听不到。

潮水一波波地向内陆涌来。

伸手想要抓住竹竿的浩市被汹涌的波涛绊倒，落入了岩石的裂缝中。才见他掉进半个身子，后一波大浪便又急不可待地呼啸而来。

浩市的身体在波浪中载浮载沉，刚挣扎着浮上水面，又被下一波潮水吞噬，眼看就快要被潮水卷走。

潮起潮涌的海面上，浩市穿着的小沙滩凉鞋漂来荡去。

我丢下手中的渔网和水桶，拔腿往他那儿冲去。

浩市的哭喊声撕心裂肺，为了不被卷走，我紧紧抓住岩石，在翻腾肆虐的白浪中隐约看到了他的小脸和手。

我竭尽全力拼命伸出手。

好不容易抓住了浩市的小手，不料从海中奔涌而来的第二波潮水又铺天盖地地袭来。

脚下一滑，我紧紧握着浩市的手，和他一起被大浪卷走了。

这时我才就发现自己脚根本着不了地，一下子陷入了恐慌。

我和浩市都不会游泳。

嘴里满是被呛到的腥咸海水，身边的波浪力量强劲。我死命抓住浩市的手，不停地大声呼救。

"淳美！浩市！"

忽然耳边传来母亲的呼喊声。

我感到她紧紧地拽住了我的双手，也就在那一刻，浩市脱离了我的掌握。

母亲歇斯底里的疯狂叫声，终于让身在远处的晴彦叔叔和父亲察觉到了这里的严重事态。

我被母亲搂在胸口，终于安定下来，一口气把刚才吞下的海水全吐了出来。

父亲叫着浩市的名字，跳入了海中。

晴彦叔叔跑去附近的民家求救。

母亲抱着我，瘫坐在石滩上，气若游丝地不停叫唤着浩市的名字。

我被母亲放下，仰面平躺在石滩上。

眼角瞥见随着海浪远去的红布。

浑身湿漉漉的父亲跑了回来，叫了我几声，抱着头在我身边蹲下。

父亲和母亲一时相对无言，随后便开始互相攻击责骂。

我从未见过他们如此狂怒地生气吵架，心底一阵凄凉悲伤。

对了，浩市在哪儿呢？

蒙眬的意识中，我试着环顾四周，但怎么也找不到他的身影。

我极力维持着微弱的呼吸，心神恍惚地听着耳边曾经相濡以沫的父母相互的谩骂斥责。直到过了许久，我已不堪重负，几近崩溃时，晴彦叔叔才带着警察、消防员和附近的乡民们姗姗来迟。

晴空万里，碧海蓝天。

睁开双眼，我还是在猫家的平房里。

原只是想躺下小憩一番，没想到彻底睡熟了。

夕阳西下。

我抵达猫家时还没到正午，看来我这一觉睡掉了不少时间。

大概是睡多了的关系，我觉得头有点疼。

不过，出人意料的是，这次却清醒得很快。

把平房的移门和雨窗，全部关上，归复原位后，我出门离开了猫家。

拿出电话，根据名片，我联络了今天早上送我过来的那位出租车司机，让他过来接我。

心中，已经有了一个初步的答案。

原计划在岛上住两天的，现在决定就住一天。向家庭旅馆取消了后面的预定，第二天一大早便去了我和浩市溺水的浅滩。

正如亲戚们所说的，石滩现在都装了护栏隔离，弄了草坪，种了椰子树，变成了一个漂亮的公园。

围了栅栏，禁止游泳的石滩，就连下去走近都做不到。

我在那儿待了一两分钟，欣赏了下附近的美景，就坐回一旁等待的出租车里，向小岛南端的飞机场进发。

11

抵达玉田机场后去了停车场取车，坐进大众高尔夫的驾驶座后，我马上拿出手机，拨通了之前问到的仲野泰子女士的电话。

我想和她一起去一个地方，所以现在迫不及待地想与她见面，最好她能立刻出现在我的眼前。

泰子女士接了电话，虽然对我冒昧的临时邀约感到困惑不解，但还是答应了我的请求。为了和她汇合，我驱车驶向约定的见面地点。

我心中一直有一个疑问。

但如果一直对这个问题刨根问底会让人发疯，而我并没有浩市那样开枪打爆脑袋的勇气。

关于《香蕉鱼》，浩市曾说过这么一句话。

——西摩只是想做个尝试，他想知道眼前的世界是否真实存在。

在无法分辨现实与非现实的世界里。

浩市一直都在彷徨徘徊。

然而，那儿又是哪里呢？

浩市的意识到底在哪里？

存在于此处的我，不管怎么说，至少并不像浩市口中的哲学丧尸那样虚无。

虽然无法向他人证明，但我确实拥有浩市所说的内心感质。那些现象学上的意识，诸如喜怒哀乐、不安恐惧，我都能切身地感受到，在这一点上，我没有理由怀疑自己。

我心中的问题是，我自己的意识到底在哪里，在哪里彷徨徘徊？

仔细想来，《庄周梦蝶》这个故事，是极具象征意义的。

那简直就像是某人为了诱导我思考而说给我听的。

那个故事是谁告诉我的……对了，是杉山先生。

我决定努力放空自己，集中精神开车。

要不我就会想要像浩市那样，猛地调转车头冲入对面逆行的车道，试探一下眼前的世界是否真实了。

我想和泰子女士一起去的地方，是她的儿子由多加君自杀未遂的中学校舍楼顶。

"姐姐。"

冷不防地，从高尔夫后座传来浩市的声音。

我差点儿就在首都高速一号线时速一百公里的车流中，踩下车子的刹车。

"你这是要去见仲野泰子吗？"

反光镜里映照出了浩市的脸,他坐在副驾驶的后座,出神地望着车窗外的景色。

"嗯,是的。"

我紧紧抓住方向盘,回答他。

"这样做好吗?你走出这一步,或许一切都会覆水难收了。"

"你说的覆水难收是?"

"就是一切都会真相大白——不论现在是庄周梦见蝴蝶的梦境,还是蝴蝶梦见庄周的梦境。"

"睡着的果然是我吗?你的意思是,现在这儿并不是现实?"

我一直回避的就是这个。

不过现在眼前看到的风景,和手中方向盘的手感,都实在太过真实。

"你要是这么说的话,那我们所知道的现实不就也很难分真假了吗?之前我不是和你说过尼克·博斯特罗姆的观点——如果有一种文明能够模拟行星乃至宇宙全体,那么我们所感觉到的现实便极有可能被证明是存在于那个模拟世界之中的……"

"那不是你说的吧。"

"不是吗?"

"这些话是泽野对我说的。不是你,浩市!"

我按捺不住地大声吼叫。

人是绝对无法通过客观观察来得知他人是否拥有内观性感

质的。表面观察——就算是解剖到脑神经细胞也无法绝对确认。

"和博斯特罗姆持有同样观点的人还有很多。其中有不少人深信，证实他们想法的证据与可能性就藏匿在诸如纳皮尔常数和圆周率这样的超级数字中。他们就像是在用金属探测仪寻找沙地里不知是否存在的硬币一样，寻找着那样的证据与可能性。"

浩市有气无力地笑了。那是一种放弃了什么的笑容。

"你是要去仲野泰子儿子跳楼的中学校舍屋顶吧。"

"是的。"

"和她一起？"

"我是这么打算的。"

"她的话……那个假装是仲野泰子的女人，从一开始就在精神交流中一直偷听我和姐姐的对话。"

"泰子女士对你来说，又是怎样一个角色呢？"

"谁知道呢。你问她本人去。我讨厌被抓，所以就先闪了。替我向她问好。"

浩市猛地打开后座的车门，飞出了急驶中的车厢。

那所中学位于巨型住宅区的一隅，小区里的连排楼房一模一样，就只有学校孤零零的一栋，如同附属品一般静静地立在那里。

我驱车在规划建设得十分美观的人工城市中徐徐前行。找到最近的投币式停车位后停好车，步行走向学校。

临近傍晚,住宅区几乎看不到人影。

然而晒在阳台的衣物,停在路边的自行车等等迹象,无一不显示着仅在几分钟前,这里还是人来人往。但现在的小区却如时间停止了一般地沉寂,完全听不到孩子们的嬉笑打闹和电视的嘈杂声。

我务必要和仲野泰子女士一对一地见上一面。

心里怀着如此念头的我,或许已经排除了除她以外所有一切的存在。

到了中学的正门,却没有看到泰子女士的身影。看上去相当沉重的大门微微敞开着一道仅能容一人通过的缝隙,仿佛像是在引诱着我进去。

踏进校区里面,走过操场,我推开没有上锁的校舍大门。

穿过排列着鞋柜的玄关大厅,我穿着鞋径直进入了校舍。走过装饰着字帖和水彩画的走廊,发现楼梯,拾阶而上。通向楼顶的铁门没有上锁,一路上什么人都没碰到,我轻而易举地到达了楼顶。

伸手抓着楼顶围着的高高铁丝护网,极目远眺晚霞渲染下的城市。

同种样式的高层住宅大楼整齐排列,简直就像是用玩具积木搭建而成的立体模型。高压电塔等间距地昂然耸立。远处还能看见附带停车场的大型超市的绿色招牌。

这片风景似曾相识而又平淡无奇。

我出神地望着这片有些不太真实的风景。空无一人的校园,被撤下的球网堆在一边,只剩框架的球门影子长长地投射在操场的白色跑道上。

如潮水般席卷而来的各种回忆让我不堪重负，忍不住哭了起来。

灰色涂层的屋顶地板上，我的泪珠点点落下。

"你怎么了，为什么在哭？"

我回过头去。仲野泰子女士站在那里。

"这里就是由多加君跳楼的地方吗？"

泰子女士微微点头。

"该从何说起呢？"

对于我的发现，她似乎了然于胸。

"先从自报家门开始吧。"

我对浮现出暧昧笑容的泰子女士说。

"您大概已经发现了吧。"

略显迟疑之后，泰子女士开口了。

"我叫相原。是精神科的专科医生，在昏迷交流中心负责植物人患者的心理辅导。"

"哦……"

这个答案和我料想的一致。

"我和您之前见过面吗？"

"你是说在没有通过 SC 交感器的情况下吗？"

"是的。"

"很遗憾，我们并没有见过。我来西湘昏迷交流中心也是最近的事。"

"所以现在也是在用 SC 交感器？"

"是的。别无他法。"

果然如此。如果我现在是植物人,正睡在昏迷交流中心的病床上的话,除此以外难道还有别的沟通方法吗?

"我很吃惊。没想到这里会这么真实……庄周的梦境,或许也不过如此吧。"

我再次把视线回到了能从屋顶眺望的远处风景上。

是我的错觉吗?眼前住宅区大楼的形状、高压电塔的位置,都与方才不太一样。但这风景原本就普普通通,所以还真说不上来具体是哪里不对劲。

像这样的风景,这么多年来我一直看到了现在。

从来都没发现破绽,是因为我对眼前的现实深信不疑。

"我们即使在梦中都会觉得自己是清醒的,因此无法明确地区分梦境与现实。"

"那是笛卡尔说的吧。我都知道。够了。我受够了。真让人火大。"

我不负责任地打断她的话语。

"你要找的浩市,现在已经不知道消失到哪里去了。估计就是你把他吓跑的。"

我离开围网,转身看向她。

"我还有一些百思不得其解的事。"

"什么事?"

"那个孩子是谁?"

"你是说浩市君吗?"

"对啊,因为他不可能是浩市。我就是因为这点才想通的。"

泰子女士稍待了一会儿后轻轻点头。

"但他既不像是我自己的意识做出来的没有灵魂的人格——哲学丧尸。也不像是你这样凭借 SC 交感器来精神交流的人。那么他到底是……"

"淳美小姐,你过去连续很多年都无法进行治疗,完全杜绝了外部一切的精神交流,一直把自己的意识封闭了起来。"

"是这样的吗?"

"如果用《庄周梦蝶》里的话来说,你便是'自喻适志与!不知周也。'"

"那是什么意思?"

"意思是,你玩得实在太开心了,把什么都忘了。这几年你屏蔽了与外界的联系,把自己封闭在自己的意识里,全然忘了你正因意识障碍而长眠不醒。所以我们首先要做的,便是引导你想起这一点。要是强制性让你觉醒的话,你一定会大受打击。"

"我现在就已经很受打击了。"

我发泄似的说道。

"淳美小姐,你在漫画家生涯如日中天时自杀未遂。从当时居住的四楼单间公寓的阳台跳了下来。"

我脑中频繁出现的,单间公寓阳台移门敞开、窗帘翻飞的画面,是我企图跳楼自杀,陷入昏迷前最后看到的风景吧。

"你想起来了吗?"

"想起来了。可想是想起来了……"

但总觉得最关键的部分,还是在我的脑海中模糊不清。

"至于我为什么会跳楼,那就……"

"那就要请您自己回想起来了。"

泰子女士欲擒故纵般地说道。

"那我们言归正传。"

"你是说浩市的身份?"

"嗯,是的。"

泰子女士点了点头。

"你这几年都无法接受治疗,恐怕就是因为他的缘故。"

"是这样的吗?"

"他是……"

泰子深吸一口气,幽幽地开口说道。

"他是在你无法进行精神交流后,在昏迷交流中心另一栋大楼里死亡的患者。"

"他已经死了……?"

"这种情况在理论上并不成立。SC交感器为了确保安全,是不与外界网络连接的。由于它完全独立运作,因此外部的信息——无论是想要通过数据线还是记录媒体——根本就没有可以侵入机器的有效途径。"

榎户以前也说过类似的话。

"但既然如此,那么……"

"……尽管如此,也还是发生了这样令人毛骨悚然的事。我之前有何你聊过'附身'这个说法吧。"

我点了点头,忽然发现中学屋顶以及远眺可见的风景,早已无影无踪。

而我和泰子女士现在所处的地方，是我熟悉的自家工作室。

泰子女士在工作室角落的沙发上落座后，让我也坐下。

我按她说的，在她的对面坐了下来。

"很多医生和技师都非常关注通过 SC 交感器建立的精神交流所产生的这种现象。国外还有患者因此提请法律诉讼。但由于这种情况在理论上并不成立，所以久而久之大家也就对此漠不关心了。"

"那您呢？"

"我的话，可以说是侦探吧。之前也和您说过，我在做关于这个现象的研究。淳美小姐，你是目前国内不可多得的案例。我通过 SC 交感器与你进行精神交流，调查存在于你意识中的多个人格，研究他们是在这个机构死去的其他患者的意识，还是由你自己制造出来的哲学丧尸。老实说，我还真有点后怕。因为这需要和你的意识精神交流后，再与浩市的意识进行双重精神交流，弄不好的话我可就回不来了……"

语毕，她对我莞尔一笑。

"他是怎样的一个人？"

"你是说那个装作是你弟弟的人吗？"

"嗯。"

"本来出于保密义务我是不能和你说详情的……他是仲野由多加。还只是一个十三岁的少年。"

"哦……"

这个答案有些出乎我的意料。

那个浩市的本尊竟然是个孩子。

"你没有感觉到吗？我觉得他那种得意洋洋地卖弄学问的姿态，怎么看都像是个孩子。"

"那仲野泰子这个人物呢？"

"她？"

说着泰子女士……不，应该说着是带着泰子女士外表的相原看向了自己。

"这个是他母亲的样子。"

"不会吧……"

"我没想到他会那么容易就上当。果然还是个孩子。之前他很长时间都不肯接受治疗，现在这样反倒很爽快地接受了我的精神交流。"

"这太残酷了。"

"您在说什么呢？那么多年来，被剥夺意识的可是你啊，淳美小姐！"

"他的母亲知道这件事吗……"

"你是说仲野泰子女士本人吗？她并不知道。您觉得我怎么能告诉她，她那早已不在人世的儿子，似乎灵魂还在别人的意识中彷徨徘徊这样的无稽之谈？"

相原说的也有道理。她自己本身就对附身这个现象一知半解，又怎么能和别人解释说明呢。

"您弟弟，也就是浩市先生的遭遇，对您而言是遗恨终生的过往。他便钻了这个空子。变身为多年前在小岛溺水身亡的浩市先生，光明正大地夺取了您的意识。"

"够了……"

我不由得低喃道。

"如果承认浩市是他伪装的话，那我便举目无亲，只剩下自己了。"

我的掌心里还残留着浩市小手的触感。

当年浩市伸手想要抓住系着红布的竹竿，眼看就要被退潮的海浪卷走时，我拼命地紧紧抓住了他的小手。

"你想起后面发生的事了吗？"

我点了点头。其实我已经不愿意再想起任何事了。

回到东京后，曾经相濡以沫的父母因为浩市的事故再也无法好好相处，不久就离婚了。

自那以后，我就和母亲两个人相依为命。而母亲最终再也没有去那个小岛便撒手人寰了。

母亲不去那个小岛的理由有两个。

其一，她厌恶那个夺去浩市生命的小岛和大海。

还有一个原因是，在井荻经营拉面馆的外公，借浩市过世这个契机回到了小岛，说是要为他祈求冥福，就此出家，留了下来。

去小岛前不久，我和浩市还穿上了出门穿的漂亮衣服，在黄色西武新宿线摇晃了一路后，被母亲带去了外公经营的拉面馆。

我手上拿着画着长颈龙的素描本，身着休闲小西装的浩市头上戴着广岛鲤鱼队的红帽子。

外公用魔术笔在长颈龙的身上涂上了脚，还扯掉浩市的帽子，丢进了处理猪骨和菜渣的垃圾桶里。

我想起了浩市在回家的西武线上，手里拿着被残羹剩饭弄脏了的棒球帽，一路好不委屈地流泪不止的那一幕。

"淳美小姐，您现在的意识中，不仅有凭借着浩市的外表侵入的他，还被其他的人所附身。"

"还有其他的人？"

泰子女士，不，应该说是相原点了点头。

"原因不明。也许是因为你的意识本身就比较容易被附身，又或者说人的意识在被另一个人附身后，就会像开了闸那样产生一连串的连锁效应。我在和你的精神交流中，除了利用浩市先生外表出现的他以外，至少还遇见了三个独立的意识，他们都不是你所制作出来的哲学丧尸。"

"他们是谁？"

"其中一个是在你的意识中主要以武本这个名字出现的女护士。"

是那个拜托我画插画的护士。

我想起了自己和她碰面时，那不言自明的不快以及本能的排斥。

她绝不可能是我自己做出来的。

"她其实是最近到昏迷交流中心住院的患者。虽然和你一样都是植物人状态，但是和假扮浩市的由多加不同，她仍有一息尚存。我到现在都没搞清楚，在没有使用SC交感器的情况下，她到底是通过什么样的方式和你的意识进行精神交流的。

目前唯一能确定的是，她是你漫画的忠实粉丝。"

我想起了先前和泰子女士在会诊室，见到武本时那不自然的对话。

原以为泰子女士和武本在以前由多加君住院时在昏迷中心见过面，现在看来她们是在我的意识里毫无预兆地偶然碰到的。

"还有两个人呢？"

"另外两个是在沙滩寻宝的两人组。那个自称是岬的女孩，她也是一个拥有内心感质的某人的意识。"

"她？"

"那个叫岬的女孩，恐怕是伪装浩市的由多加君从你的意识深处找出来的。至少她并不是昏迷交流中心的患者，而我对她的身份也毫无头绪。这种情况是极少发生的。"

"那么，另一个和她一起的拿着金属探测仪的男孩呢。"

"你说的那个自称木内一雄的男孩对吧。我不知道他是谁，不过……"

"不过……"

"他的名字……"

"到此为止吧，你就放过她吧。"

忽然屋内响起了另一个人的声音。

浩市站在通向二楼起居室的门前。

他头上戴着派对常见的银色纸帽，手里拿着一个匹萨盒和一罐啤酒。

"你是因为担心淳美，所以才出来的吧？"

坐在原地沙发上的泰子女士……不，是相原说。

"对，我是担心她。你不要太得寸进尺了。根本就没必要让她想起浩市在那个岛上溺水身亡的事。"

"那是必须的。不管现实是多么痛苦，我们都要学会接受。"

浩市满不在乎地耸了耸肩。

"我最烦这种道貌岸然的说教了。"

"我说……"

我好不容易鼓起勇气问浩市。

"我们俩是从什么时候开始成为姐弟的……"

"这不是我之前问姐姐你的问题吗？"

浩市走到沙发边，在我身旁坐下。

也就是说，他也坐到了有着泰子样貌的相原的对面。

相原端坐在沙发上，目不转睛地注视着浩市的举动。只见他咬了一口手上的匹萨饼，开始细嚼慢咽。等他把手上的匹萨吃完，连残留指尖的酱汁都舔干净了后，又开始喝起罐装啤酒来。

"法律规定，未成年人是不能喝酒的。"

"诶？连在想象中都不行吗？"

浩市打心底里不把她当一回事，他随手把啤酒罐放在桌上，屈身向前。

"相原医生，我有一个问题想问你。"

"你想知道什么？"

"你觉得人死后会怎么样？"

"不会怎么样。"

她无动于衷地回答。

"原来你是唯物论者。"

"那么,会去天堂或者地狱吗?"

"那是西欧国家的生死观。"

"会转世吗?"

"轮回转世可是佛教的观点。"

浩市再次拿起啤酒罐,抿了一口。

稍待一会儿,他又对着有泰子女士外表的相原缓缓开口道。

"你想说的是什么?"

"非洲有个部落认为,人死后灵魂会离开肉体,转移到别人的心里。"

浩市摸索着上衣口袋,从里面拿出奥其斯牌自动手枪。

"他们认为肉体的死亡,只不过是死亡的第一阶段而已。人的灵魂四散后,会去到认识他的人的心中。"

浩市先把手枪的弹匣卸下,确认了里面弹药齐全后,拉开滑套,让子弹上膛。

"真正的死亡,只有在这个世上认识死者的人全部消失了以后才会完成。人的灵魂、意识与肉体全然无关,或许只是碰巧结合到了一起也说不定。"

浩市把自动手枪的枪口径直对准了有着泰子女士外表的相原。

"浩市。"

我不禁惊叫出声，但面对枪口的她倒是十分沉着冷静。

"你知道的，就算对我开枪也无济于事。"

"我知道。"

浩市毫不犹豫地扣下了扳机。

耳边响起冰冷的枪声，泰子的头血浆四射，整个人向后倒下。

我用手捂住脸，避而不视眼前发生的惨剧。

"好了，这样一来，我们就能有充裕的时间进行两个人的聊天了。精神交流一旦中断，她要再回到这里，可得花上不少时间。"

再次把手枪收进口袋，浩市从沙发上站起身来。

"我们去楼上吧，大家玩得正开心呢。"

浩市对捂着脸，微微颤抖着的我建议道。

"你那么喜欢的杉山先生，还有泽野和真希都在楼上。你的派对都还没开始呢，不是吗？"

通向二楼起居室的门后，传来似有若无的欢笑声。

"这是你连载了十五年的漫画答谢会吧。姐姐你还真是勤勤恳恳。我真服了你了。"

"那个连载……"

"姐姐你跳楼以后，当然是中断取消，无疾而终了啊。"

"浩市。"

"什么？"

"我该怎么办？"

"姐姐，不，应该说是淳美小姐。这一定是神灵对轻视生命的人的惩罚。"

二楼又传来大家的欢声笑语。

真希、泽野、还有，啊，杉山先生。

"听吧。那些无心之人的笑声。"

浩市仰天看向二楼。

"你马上就会忘记的。忘记我，忘记现在自己是在做梦……你一天前究竟做了什么？一个礼拜前？一年前？还有十年前呢？你的记忆是真实的吗？你连这些都会忘得一干二净。"

"浩市……"

"长颈龙。"

浩市突然低叫，我顺着他的视线看去。

工作室面向通风处的玻璃砖墙澄澈碧蓝，简直就像是海底。

"我刚刚看见一只。"

"怎么可能?!"

我望向玻璃砖墙的深处，一只巨大的生物上下摆动着鳍足，拨开海水摇摇晃晃地潜行而过。

玻璃砖墙间的缝隙开始喷出潮水，一阵浓烈的海潮气味扑鼻而来，我连狼狈逃窜的时间都没有，玻璃砖墙便如雪崩一样崩溃决堤了。

海水好似铁炮一般气势汹汹地奔腾而入。汹涌的潮水把工作台和椅子一并冲走，转眼间大水就漫到了我的腰部。

浑身湿透的我紧紧扒住三人坐的大沙发。

为真希收集齐全的三百二十二色 COPIC 牌马克笔，还有刚完成的单行本用的原稿,无一不被翻着白浪的海水漩涡所吞噬。

"浩市,浩市。"

浑身颤抖的我不停地呼唤着浩市的名字。

我不知道自己在叫哪一个,是儿时在小岛溺水身亡的浩市本人,还是在我陷入昏迷后侵入我灵魂的、一直以浩市的面貌示人的由多加。

大水最终升到了工作室的天花板,我肺里的空气一点不留地变成了吐出的水泡。

我失去力气,松开了抓着沙发扶手的双手。

身体轻飘飘地在水中沉浮。

再也感觉不到痛苦。

取而代之的是,一种通体舒畅的惬意包裹着我,令人只想进入甜美的梦乡。

我好像水草般飘荡起伏,身边的水流波动,似乎有个巨大的生物正从身边飘然而过。

我睁开薄薄的眼睑。

望见四只乌黑发亮的巨大鳍足,交互着上下摆动,缓缓游向远方。

好似潜水艇般巨大的黑色身体前方有着让人误以为是蛇的细长脖子。

是长颈龙。

从海上斜射而来的阳光如窗帘般轻柔,四鳍健全的长颈龙沐浴在金色的日光中,向着澄清碧蓝的大海深处缓缓游去。

那头长颈龙的背上驮着一个小男孩。

男孩头上戴着鲜红色的棒球帽，背对着我。

我目送着离我而去的小男孩和长颈龙。不知为何，心中忽然有了一种被解放的安心感。

浩市……我没能救起的弟弟，启程去了他该去的地方。

他坐在心爱的长颈龙的背上，去向了未知的远方。

12

后来我不省人事，昏了过去。再次睁眼就已是睡在床上了。

感受着一身如从十多年长眠中醒来般的倦怠疲惫，我慢慢睁开如铅块般沉重的眼睑。

这里似乎既不是自家卧房的床上，也不是SC交感器的精神交流室。

从眼睑间射进来的阳光，特别炫目刺眼，简直就快把我的瞳孔烧化。

我还是在梦境中吧。

思路清晰地认定后，我便随着沉沉的睡意再度闭上了双眼。没必要急着起床。时间这种东西，对我而言形同虚设，而且也没什么急事要办。

我再度陷入沉睡。

这次总算能酣然入睡了。

好久没有这样一宿无梦地深眠过了。

再度醒来的时候,我还是在同样的床上。当下就感觉饥肠辘辘,原来我是被饿醒的。

和第一次醒来相比,身体已不那么沉重,畅快舒服多了。

在床上小憩一会儿后,我决定起床。

掀开盖到脖颈的被子,我正想要起身。然而不知为何,脑袋像是被什么东西固定住了那样沉重,怎么也起不来。

真麻烦,我伸手摸了摸脑袋周围。平躺的姿势令人不能称心如意地移动身体。眼前也没有什么类似镜子的东西,我对目前自己所处的状况一头雾水。

头上似乎戴着类似帽子或者头盔一样厚重的保护器,所以才会感觉像是被固定了一样。

右手的食指上夹着一个类似夹子的东西,夹子接连着一根电线。我可以瞄到自己身上苔绿色单薄衣物的袖口。

头部动弹不得,完全无法得知自己身在何处,又是以什么样的状态躺在床上的。

照进屋内的阳光像是自然光,因此房间里的某处应该有扇窗,看样子现在应该还是上午吧。

瞪着眼前的白色天花板,我能知道的就是这些了。

我试着动了一下脚。虽然双腿并没有被什么东西束缚,但由于肌肉功能衰退的缘故,动起来特别费劲。

能看到的只有袖口,好像我身上穿的是宽松的连衣裙,或者是类似袍子那样的简单衣物,很像是那种病人住院穿的衣服。

包裹着下身的毛糙僵硬的触感应该是成人纸尿布之类的东西吧。大腿间有异物，似乎是软管，难不成是被插上了导尿管那样的东西吧。

我一时不知该如何是好。

第一次遇到这样的情况。

不，这也可能是我自己一厢情愿的想法，我先入为主地认为自己仍在梦中，不知该如何应对眼前的状况，一筹莫展。

既然无法起身，就只能等别人来了。

我茫然地望着白色的天花板，深刻地觉到自己好像少了点什么。

作为浩市存在于我意识中的他，似乎已经离开了我。

然而，他究竟去哪儿了呢？

他的肉体已经死亡，只余下一抹游魂，再也没有可以回去的身体了。

——你觉得人死后会怎样？

他问相原的问题，定是出自于他本身的不安。

他现在到底在哪里呢？

还是哪里也不存在了呢？

我想起了泽野和真希。

还有杉山先生。

以前，我曾读到过这样一个故事。

故事发生在很久很久以前，那时互联网还没有像今天这样普及。

当时的网络还只能用文字交流，除了著名门户网站以外，还流行着很多被称之为草根网站的个人主页。

在美国的某个城市,有一个酷爱电脑的少年就连接到了这么一个草根网站。

这个主页的用户形形色色。有和少年同龄的男孩,有如他父亲那么年长的男人,还有比他小很多岁的孩子。令他瞠目结舌的是,其中还有一个女孩。

当时用电脑通信的女孩是少之又少的。

少年兴致勃勃地分享了他喜欢的游戏,热情洋溢地参与了体育话题的讨论,在这个草根网站上与很多人都成为了朋友。

自第一次进入这个主页后过了好多年,少年爱上了在这个草根网站上认识的少女。

少女性格内向婉约,温柔体贴。她对少年知之甚深,两人志趣相投,价值观也极其相似。少年不甘于只能用文字与她沟通,迫切地想要见她。

她却推说自己住在离他很远的地方,拒绝了两人的见面。而少年却对她说,只要能见到她,就算是绕到地球的另一头,他也在所不惜。

草根网站里有一位和少年父亲年纪一般大的男人,少年总是与他分享自己的烦恼,于是他便在网上请教他,怎么才能和她见面。

总是鼓励他勇往直前的那个男人,不知为何这次却建议他不要与她见面。

男人打击他道:

你一定会后悔的。

你把她想象得太过完美。如果见面的话，一定会幻灭的。

通过草根网站，少年还请教其他朋友的意见。但他们的回复大多殊途同归，都劝他不要去见少女。

然而少年打心底里爱上了少女。他认为这份爱与少女的外表无关，因为他爱上的是少女清澈纯净的灵魂。

事实上，他打算一见到少女就向她求婚。

从以往谈论的话题中，他大致了解到了少女居住的城市在哪儿。少年给她发送了消息。

我在这个城市的咖啡店里等你。

我会等到你出现为止。

所以，你一定要来见我。

随后，他趁暑假，乘飞机去了那个城市。为了等到她的出现，他走进了一家二十四小时营业的咖啡店。

昏昏沉沉地回想到这里，突然感觉有人进了房间。我中断了思考，想看下是谁来了，但因为头被固定了，看不太清楚。

"那个，不好意思……请问……"

我发出了细微的，小小的声音，总算能开口说话了。

"和……淳美小姐？"

惊讶出声的人探身向我看来。是一个素未谋面的陌生女人。她不到三十岁，穿着白大褂，应该是位护士。

"和小姐，您听得见我说话吗？"

"听得见……"

我忽然有种被责备的孩子般的感觉，小声地回答。

"那个喜欢电脑的少年,后来怎么样了?"

午后风和日丽,我和相原在明亮的会诊室里,隔着桌子相对而坐。

"出现在咖啡店的是和少年同龄的男孩。"

我低头看着自己放在桌上交错的手指。

头上戴着的针织帽子不太透气,头皮有点痒。

由于需要长时间戴着"硬膜侵袭型"SC交感器,我的头发被剃光了,现在戴了针织帽子遮住光秃秃的脑袋。

"他就是运营那个草根网站的男孩。"

"这是怎么一回事?"

"事实是这样的。那个男孩建立了自己的草根网站,但是总是没有人来光顾。后来那个少年来了,男孩怕他会玩腻,为了留住他就一个人扮演了不同的角色陪他。少年爱上的少女也好,像父亲一般敬慕的男人也罢,还有少年的亲切友人们,他们全都是运营草根网站的男孩为了不让少年感到沉闷无聊,独自扮演的虚构人物。令人震惊的是,那个草根网站里除了运营主页的男孩以外,没有任何人。"

"那也可以说是一种哲学丧尸了吧。"

我对相原的说法不置可否。

"虽然对方将实情和盘托出,但少年并不相信对方的说辞。他觉得一定是自己爱上的少女不想和他见面,所以才委托男孩说出这样的弥天大谎。也就是说,在草根网络中,世界对少年而言已经真实到了这样的程度,以至于他反倒认为男孩说的事才是非现实的。少年放弃了与少女见面,对不知所措的男孩说,那你就代我向她问好吧。于是带着一颗支离破碎的心乘飞机回家了。他回到家后,用电脑一如往地连接了草根网站。音响耦合器里发出了奇特的噪音,电脑一下子就连上了草根网站。少年心想,看吧,果然是他在说谎吧。然而……"

说着,我的眼眶里落下了豆大的泪珠,一滴一滴落在桌上,斑斑点点。

"然而……"

相原催促道。

"然而,草根网站上谁也不在。前几天还有很多朋友嬉笑欢闹的网站BBS上空无一人。只余下一个给少年的消息——I'm sorry(我很抱歉)。"

说到这里,我再也忍受不了,无力把余下的故事继续下去了。

相原无言地深深点头,在笔记本的键盘上敲击记录着什么。她冷静淡定的姿态,让我更觉凄凉惨淡。

她并没有像昏迷交流中心的其他职员那样穿着白大褂,而是一身硬摇滚乐队标志的T恤搭配牛仔裤的休闲打扮。

如果不是脖子上挂着的职员身份卡,还真搞不清楚她是做什么的。

全身没有任何配饰,虽然五官端正,是个美人,但却完全没有女人味,不过你又难说那是好是坏。

以前她用这样的打扮和我精神交流过。

因此,她这样一身装扮地进入会诊室,和我寒暄"初次见面,请多关照"时,我马上就明白了她是相原本人。

知道了她就是一直以仲野泰子女士的样貌和我进行精神交流的那个人。

"我觉得那个叫泽野的编辑,以及名叫府川真希的少女助手,大概就是年轻时代的杉山先生和淳美小姐,是基于你自身的投影创作出来的哲学丧尸吧。"

我也这么觉得。

我从衷心期待真希走红的泽野身上,总能看到年轻时杉山先生想要我出人头地的那番诚意。而真希出类拔萃的画技,应该也是出于我的心愿以及总被人说——她画技真糟。虽然可以做出好的分镜稿,但画功却上不了台面——的一种抵触情绪的逆反呈现吧。

"那么,杉山先生呢……"

我不安地问道。

"他虽是你意识中产生的哲学丧尸,但和之前那两个人不一样,他有着非常明确的现实参照人物。"

我松了一口气,差点以为这个世上并不存在杉山先生,连他都只是存在于我的意识中的虚构人物。

"淳美小姐,你自杀未遂前的确有一任责任编辑就姓杉山。作为治疗中的一个环节,我前几天拜会了他。"

我抬起头。

"见过面了?你和杉山先生两个?"

"他听说你恢复意识了,非常吃惊。近期会抽时间来探望你。"

"他这样说……吗?"

"你的意识所孕育出的杉山先生，与现实中的他还是有所偏差的。首先，你意识中的杉山先生离开了少女漫画杂志，成为了文库本的编辑。而现实生活中的他，在淳美小姐自杀未遂以后，很顺利地升职成为了杂志的主编。现在则是统管漫画部的部长兼任公司董事。"

"那些事都无关紧要了。"

我不禁将心里话脱口而出。

"他和夫人的关系现在如何？还有他儿子……"

相原敲打键盘记录着我的问题。

"为什么你会在意那些问题呢？"

"要说为什么，我也……"

我一时也无从说起，不知如何是好。

"他们安居乐业，夫妻感情很好，儿子今年考上了大学，过着童话般的幸福日子。这个答案，您满意吗？"

相原目不转睛地观察着我的表情。

如果说杉山先生的儿子已经考上大学了的话，那我成为植物人以后至少已经过了十年了。

杉山先生非常疼爱他的儿子。

我儿子刚进小学，现在迷上了踢足球。男孩子太调皮捣蛋了，可真让人头疼——我想起了说这些话时，杉山先生难掩幸福的笑脸。

是吗？他已经是大学生了呢。我沉睡的这段时间，时光有如流水般飞逝。

"淳美小姐？"

"嗯，我听着呢。"

我察觉到相原想要对我说些什么，点了点头。

"没什么，已经不要紧了。"

我对相原展开笑颜。这些事相对于我眼前的重大问题和缺失感来说，也没什么大不了。

真是的，我怎么会为了这些鸡毛蒜皮的小事，从单间公寓的阳台一跃而下呢？

"杉山先生并没有错。我和杉山先生之间的关系，从头到尾也就只有那么一次……"

相原一言不发地点了点头。

"那个，这件事……"

"请放心。我们有保密义务，淳美小姐说的事情不会被任何治疗相关人员以外的人看到或者听到。"

"那是……什么时候的事了呢。那时，我的作品得了大型出版社的漫画奖……编辑部为我办了庆祝会。等我回过神来，就只剩下我和杉山先生两个人坐在出租车里了……"

我瞄了一眼相原的表情。她面不改色地敲打着笔记本电脑键盘做着记录，还把头偏向一边催促我说下文。

"我……我真的很爱他。但我们第一次见面的时候，他就已经有了家室。虽然他几乎每天都会来我的单身公寓彻夜开会，但我们谈的全都是工作。我甚至觉得杉山先生根本就没有把我当作女人来看。我很害怕，害怕一旦我捅破了这层窗户纸，他会十分困扰。说不定还会不做我的责任编辑。因此，那几年我一直小心隐藏着自己的心思，与杉山先生一起奋斗工作。"

说到这里，我停顿了一下，抬起头，深吸一口气便又继续说了下去。

"然而那天也许是走火入魔了。我和杉山先生两个人都喝得酩酊大醉……是我提出的邀请——如果你不介意的话，就上来喝杯咖啡醒醒酒吧。他经常来开会所以也就应了一句——那就喝杯咖啡再回去吧，便毫无顾忌地进了屋子。"

"你和他就是在那天有了关系的吗？"

我稍作犹疑后点了点头。杉山先生来我房间的时候，一定完全没有那样的想法。

因此，当我在单间公寓的玄关前，一把抱住他吻上去时，他大惊失色地把我推开了。

我无法得到他的吻，便趁着酒意耍起无赖，瘫坐在玄关。因为实在是太丢脸了，我自己都觉得可怜，就这么坐在地上号啕大哭了起来。

杉山先生一脸头疼。他举棋不定，不知道是该把我留在原地一走了之，还是上前安慰已经明显失态的我。

不知道他当时经历了怎样的心理斗争，是哪种想法发挥了作用，杉山先生最后选择上前劝慰哭个不停的我，试图让我冷静下来。他扶我起来，把我带到单间公寓靠着墙壁一角的床边，照顾我睡下。

我实在太过丢脸，在被扶去床边的路上装疯卖傻，绞尽脑汁，搜肠刮肚，用本就不多的语汇把拒绝我亲吻的杉山先生骂得狗血淋头。

我叫道，如果你再敬酒不吃吃罚酒的话，我可就停止连载了。

趁着醉意，我把一直以来的心意如竹筒里倒豆子般地夹杂在谩骂的脏话中倾吐了出来。

杉山先生耐性极佳地任凭我无理取闹，烂醉如泥的我折腾过后也就累得直想睡觉了。

那以后的记忆就非常地暧昧蒙眬。我确实感受到了肌肤相亲的舒适惬意和酣畅淋漓的汗味。依稀记得酩酊大醉的我下意识地叫着杉山先生的名字，死命地抱着他。

再睁开眼时，已是翌日下午了。

我一丝不挂地平躺在床上，衣服和内裤散落在床边。杉山先生早已离去，连留言的纸条都没留下。

好不容易抬起宿醉后疼痛的脑袋，就这么走向洗手间。我抱着马桶吐了好几次，把胃里有的东西全部吐出来后，便全身脱力坐倒在地上。

下腹部有股钝痛的感觉。我伸手探去，碰到的地方有些刺痛，大腿内侧一片污浊。

走进淋浴房，打开水龙头开始冲洗后，发现那里还混合着与生理期时不同的血迹。带着血色的洗澡水顺势流向排水口，我望着这一幕，陷入了深深的自责。

我太过分了。

下次我该用什么样的脸去见杉山先生。

我们还能和以前那样相处共事吗？

自那以后的一周里，我愁眉苦脸，惶惶不可终日，直到与杉山先生定期会议的日子来临的那天。

杉山先生没有联络我，随着日子一天天地过去，那天晚上发生的事情仿佛南柯一梦，又像是我自己凭空的妄想，越来越不真实。

然而，杉山先生还是出现在我们一直开会的咖啡店里，他的态度明显生分了不少，以前从没叫过我一声"老师"的人，那天却称呼我为"和老师"。

我因此大受打击。

发觉我们俩再也不能如从前那样相处了。

心下一阵悲凉，但也只能怪自己自作自受。

我不应该爱上他的。

"我们就当什么都没有发生过吧。"

下期杂志内容的会议结束后，我开口提议。

杉山先生猛然惊醒，下一刻又恢复到惯有的成熟稳重。他把手放在咖啡店的桌子上，深深地向我低下头，留下了一句"我对不起你"，便转身离开了。

之后没过多久，不知是巧合还是杉山先生提出的申请，编辑部里发生人事变动，他不再是我的责任编辑了。

我觉得事已至此也回天乏术了，只得收敛心思，努力工作，没想到马上就陷入了瓶颈。那部作品是我和杉山先生两个人设计策划的，获得连载后也是齐心协力地讨论角色设定和剧情大纲的。换句话说，它就是我们两个的孩子，是我们两个含辛茹苦地养育成人的孩子。

失去父亲的作品开始迷失了方向，整个故事停滞不前，没有了往前推进的气力。

作品的动画版开始在电视上播放,收视率相当不错。与之截然相反的是杂志连载的评价。杉山先生担任责任编辑时,作品在读者人气表中总是稳坐前三,而现在就只能在中游徘徊。

我从此一蹶不振,到最后连原稿都开了天窗。

连编辑部的工作人员和其他作家也在暗地里议论,说那个连载的分镜稿全都是杉山先生做的。听到这样的流言蜚语,我愈发郁闷。

为了调整心情,重新出发,我打算造一栋和母亲一同居住的小屋。

我梦中的家园会有一间半地下的工作室,里面打通了所有钢筋混凝土墙壁,让整个空间更加通透宽敞。为了能获得更多的阳光,对外的墙壁采用淡蓝色的玻璃砖墙。整个工作室会与私人空间像两户人家那样泾渭分明地区隔开来。

然而,与设计师数度开会商议,终于定下设计图时,母亲却因直肠癌病发,撒手人寰,只留下我孤独一人。

我一时失去了生活的重心,神思恍惚,不再去管买来的土地,也终止了房屋建造的计划。

继续住在租金低廉的阿佐谷单间公寓里。

住在与杉山先生发生关系的房间里。

之前由于工作繁忙没空搬家,我原计划新房子造好以后,去旧迎新,收拾好心情,重新出发的。

而现在,这个世上就只有我一个人了。

弟弟早年夭折,父亲离家出走,现在连妈妈也驾鹤西去。

不仅如此，我还失去了一个重要的人。

那个人并不是杉山先生。

而是我取名叫岬的女孩。

"我说，相原医生。"

我抬起头，看向相原。

"医生您之前有话要说，对吧。"

"你是指？"

全神贯注在笔记本电脑屏幕的相原看向我。

"医生您以仲野泰子的样貌和我进行精神交流的时候。有一次，您不是被枪打死了吗？就那在不久前……"

"啊。"

相原点点头，好像知道了我想要说的事。

"你指的是，我说你意识中的少女岬和少年木内一雄是谁那件事吧？"

"嗯。"

我点了点头。

"岬这个名字，如果我没记错的话，是和淳美老师的漫画主人公的名字吧。"

那部作品就是我和杉山一起创造的《乐蜀》。

据说我自杀未遂后，作品也就无疾而终了。

"那个女孩说，她妈妈就是看了漫画才给她取了这个名字的。"

听我这么说后，相原对着笔记本电脑屏幕皱着眉头，抱起双腕陷入沉思。看来她对那个名叫岬的女孩的来源也摸不着头脑。

"虽然叫岬的女孩究竟从何而来至今仍是谜团重重,不过对于木内一雄,我倒有一个发现。"

"什么发现?"

"那是个字谜。"

相原拿起笔记本边放着的夹板,在上面夹着的报告纸上,用圆珠笔利落地写起字来。

"木内一雄的发音,用字母分解以后……。"

相原把夹板朝向我。

上面写着:

"KIUCHI KAZUO"

"KAZU KOUICHI"

"重新排列的话,就会变成 KAZU KOUICHI(和浩市)。"

"那么,那时和岬在一起的是……"

"不知道。这个字谜也可能只是巧合罢了。"

相原耸了耸肩。

"那个,相原医生。"

"什么?"

"坦白说,我连现在这个状态到底是不是现实都无法判断。"

"有过精神交流经验的患者,从长时间的植物人状态恢复后都会有这种情况。你放心。慢慢就会习惯的。你会习惯现实生活的。"

"那么医生,你确信这就是现实吗?"

"诶……你的意思是？"

"我醒来之前一直对自己所处的梦境深信不疑。周围的事物，熟悉的友人，我一直深信他们都是真实的。"

"是吗？"

"之前，您邀请我去昏迷交流中心地下餐厅吃过饭。当然那是通过 SC 交感器，在我的意识里。"

"嗯。"

"我觉得事有蹊跷就是从那个时候开始的。那时，相原医生你对我说，'这可是我第一次邀请患者一起吃饭呢'，而不是患者的亲人……"

"那还真是我粗心大意了。我一点都没注意到。"

相原用略带惊讶的表情说道。

"但是……"

"但是？"

"我那时说是你漫画的粉丝，那可以真心话哦！"

说着相原莞尔一笑。

与相原的跟进会议结束后，我征得了她的同意，走出了昏迷交流中心。

在昏迷交流中心住院部从植物人的状态中清醒以来，已经过了十天了。这几天，我每天都会午后外出去中心前的沙滩散步。

进入十一月后，西湘的大海愈发寒冷，连冲浪爱好者都不见踪影。冷冷清清的海岸上，只有被潮水冲刷上岸的黑色海藻,还有随处散落的饮料瓶和塑料泡沫之类的垃圾。

我用针织帽藏起自己几近光秃的脑袋,在睡衣外套上羽绒服轻松上阵,在略微起风的沙滩上漫步。

戴着太阳眼镜慢跑的女人。

牵着狗在散步的白发男人。

无所事事任意闲逛的,说不上年轻的情侣。

眼前的风景总觉得似曾相识,但我怎么找都看不到拿着金属探测仪在沙滩上来回走动的少年,以及坐在野餐垫上剪脚趾甲的女孩。

我随便在沙滩选了一个地方,全然不顾衣服会被沙子弄脏,席地坐下。

天气晴好,艳阳高照,漫天的白云在阳光下透着银色的光辉,简直就像寺院天花板上的壁画那么神圣美丽。

国道沿着曲折的海滩婉转绵延,一直延伸到远方的尽头。

与明亮的天空相比,冬日的西湘大海颜色深沉昏暗。

虽然同样都是大海,但眼前的骇浪惊涛,与我所知道的那个小岛石滩边的清澄碧蓝,却风格迥异,相差甚远。

我抱着曲起的膝盖,茫然地眺望着墨色的大海。

小岬这个人物一直在我心中萦绕。如果她不是哲学丧尸的话,便是从外部侵入的……或者借用相原的话来说——附身而来的。相原对不明身份的她深感兴趣。

相原问了很多问题,我都回答不知道。以后,我也不打算告诉任何人,她是谁,为什么会出现在我的意识里。

因为这件事连杉山先生都一无所知。

和杉山先生发生那件事后，过了三个月左右，我感到身体不适去妇科做了检查。

我本来就是那种在生理期特别遭罪的人，去看病的前几天开始就腹痛不止，一直以为那就是以往的生理痛，因此也就没有细想，再加上工作繁忙也就无暇顾及了。

把过了截稿日的原稿硬是通宵达旦赶出来的那天，我下腹部剧痛难忍，还伴有不正常的出血。自己打车去了医院，进行了各种检查以后，才被医生告知自己之前怀孕了，而今却由于过度疲劳，导致了流产。

那毫无疑问是杉山先生的孩子。

因为他是我的第一个男人，而我从未和杉山先生以外的男人发生过关系。也就是说虽然记忆模糊，但那天是我这辈子唯一的一次经验。

医生说，我给你开了药，按时服用就不需要再来医院门诊治疗了。他说了很多，仿佛像嘱咐感冒病患那样轻描淡写。

我麻木不仁地去药店买了药，回了家。

肚子还是很疼，吃了药以后有所缓解。

那时候的我，眼前总是没完没了的截稿日，无奈只得马上投入后面的工作。

只有在把完成的原稿叫了快递送去编辑部，让助手们都回家，只剩下我一个人的时候，我才默默地为我那未能降临人世的孩子流泪哭泣。

我给那个孩子取了个和漫画主人公一样的名字——岬。

并且毫无根据地认定她一定是个女孩。

不要说是给孩子取的名字，我连自己曾经怀孕流产的事都未曾跟任何人说过。因此，昏迷交流中心前的沙滩上，我遇见的那个女孩会自称是岬，那绝非偶然，也并非某人故意设计的情节。

小岬体型非常纤瘦单薄，头发短短的，是一个像男生一样的女孩。当初遇见她时，我心里就产生了一股难以言喻的亲近感，觉得她和自己小时候如出一辙，其实她和我相像是有理由的。

当年那个婴儿如果降临人世，一定也就和她差不多大了。

对了，那个自称是浩市的仲野由多加，在我的意识里曾经和相原说过这样的话。

——人的死亡，只有在这个世上认识死者的人全部消失了以后才会完成。

知道那个名叫岬的女婴的人，这世上就只有我一人。

因此，只要我还活着，岬的灵魂就会永远与我同在。

我用手指拨开沙子，挖了个洞。

在心中暗自决定，从昏迷交流中心出院以后，我一定要找到黄铜的长颈龙模型，带回来埋在这里。

我不知道那会是什么，是时空还是观念，但总会有东西能超越一切，让小岬或者浩市，还有其他我所爱的人，从沙地中找到这个长颈龙的模型。

我祈愿这样的奇迹发生。

眺望了好一阵子大海后，我站起身来，意兴阑珊地走过沙滩，回昏迷交流中心。

大厅里还是没几个人，令人联想起神殿的巨大混凝土圆柱，支撑着高高的穹顶。

我插入自己的身份卡唤来电梯，乘了上去。

中途有一个女孩上来，我霎时陷入了绝望。

——啊，我的天啊。

穿着白大褂的武本，站在我的身边，不约而同地抬眼望向楼层指示灯，开口说道。

"老师，那张彩页是你让助手画的吧。"

武本愤愤不平。

"你想骗我，蒙混过关，被我一眼就看穿了！你这么做不觉得过分吗！"

"你烦死了！"

我憋了半天就只能冒出这么一句话。

"诶？"

"我说你很烦。"

电梯停在了目标楼层。我步入走廊。

背后响起武本说"幻灭"之类的大呼小叫，我也无意回头。

站在住院部自己的房间前，我用身份卡解锁，开门走了进去。

房间里除了一张单人床和床边小桌以外，几乎什么都没有。

窗外是西湘无垠的大海，五彩缤纷的冲浪帆板起伏摇荡。

不知道是谁送来的礼物，床上白色床单的正中间放着一把奥其斯牌自动手枪。

我拿起它，取下弹盒，确认里面确有子弹后，再次把它插了回去。

然后在床边坐下，拉开滑套，让子弹上膛，扣下了扳机。

著作权合同登记号　图字 01-2011-7929

KANZENNARU KUBINAGARYU NO HI
By ROKURO INUI
Copyright © 2011 by TAKARAJIMASHA., Inc.
Original Japanese edition published by Takarajimasha, Inc.
Chinese translation rights arranged with Takarajimasha, Inc.
Chinese translation rights © 2011 * by People's Literature Publishing House.

图书在版编目（CIP）数据

长颈龙的完美一天／（日）乾绿郎著；季玄译．
—北京：人民文学出版社，2013
ISBN 978-7-02-009709-8

Ⅰ.①长… Ⅱ.①乾…②季… Ⅲ.①长篇小说-日本-现代 Ⅳ.①I313.45

中国版本图书馆 CIP 数据核字（2013）第 027247 号

选题策划：雅众文化
责任编辑：陈　旻
文学统筹：陈希颖
封面设计：所以设计馆

长颈龙的完美一天

［日］乾绿郎　著
季　玄　译

人民文学出版社出版
（100705　北京市朝内大街 166 号）
山东临沂新华印刷物流集团有限责任公司印刷　新华书店经销
字数：140 千字　开本：880×1240 毫米　1/32　印张：7
2013 年 5 月北京第 1 版　2013 年 5 月第 1 次印刷
印数：1-8000
ISBN 978-7-02-009709-8
定价：25.00 元